A NOSSA FRÁGIL CONDIÇÃO HUMANA

MOACYR SCLIAR

A nossa frágil condição humana
Crônicas judaicas

Organização e prefácio
Regina Zilberman

COMPANHIA DAS LETRAS

Copyright © 2017 by herdeiros de Moacyr Scliar
Copyright da organização e do prefácio © 2017 by Regina Zilberman

*Grafia atualizada segundo o Acordo Ortográfico da Língua
Portuguesa de 1990, que entrou em vigor no Brasil em 2009.*

Capa
Victor Burton

Imagem de capa
© yulianas/ Shutterstock

Preparação
Maria Fernanda Alvares

Revisão
Nana Rodrigues
Jane Pessoa

Dados Internacionais de Catalogação na Publicação (CIP)
(Câmara Brasileira do Livro, SP, Brasil)

Scliar, Moacyr, 1937-2011
A nossa frágil condição humana : crônicas judaicas / Moacyr
Scliar ; organização e prefácio Regina Zilberman. — 1ª ed. — São
Paulo : Companhia das Letras, 2017.

ISBN 978-85-359-2863-1

1. Crônicas brasileiras I. Zilberman, Regina, II. Título.

16-00160   CDD-869.8

Índice para catálogo sistemático:
1. Crônicas : Literatura brasileira 869.8

[2017]
Todos os direitos desta edição reservados à
EDITORA SCHWARCZ S.A.
Rua Bandeira Paulista, 702, cj. 32
04532-002 — São Paulo — SP
Telefone: (11) 3707-3500
www.companhiadasletras.com.br
www.blogdacompanhia.com.br
facebook.com/companhiadasletras
instagram.com/companhiadasletras
twitter.com/cialetras

Sumário

O *olhar mágico de Moacyr Scliar* — Regina Zilberman, 9

A nostalgia de Hitler, 23
O sobrevivente, 26
Barco na correnteza, 29
Os pratos da balança, 33
Uma lição para todos nós, 35
Das ruínas de Beirute, 39
A voz dos profetas, 41
O judaísmo em Kafka, 43
Diário de bordo, 46
Passado e presente, presente e passado, 51
A Inquisição revisitada, 53
Quarenta anos depois, 57
A arte da barganha, 60
Loucura e método, 62
Do Éden ao divã: o humor judaico, 64
Um passo para a paz, 68

Harpas e bombas, 70

Enfim a pomba da paz voa sobre terras bíblicas, 73

O escorpião e o besouro, 76

Tirando os esqueletos do armário, 78

É o ano da paz?, 81

A crescente maré do fanatismo, 84

O difícil jogo do Oriente Médio, 86

Em busca da terra prometida, 88

Atentados ferem a paz em Israel, 90

A utopia em crise, 92

O ônibus e a vida, 94

A lógica do terror, 97

Os dilemas do povo do livro, 100

As amargas vinhas da ira, 105

Quando piora, melhora, 107

Duelo histórico em paisagem bíblica, 109

Esperando surpresas melhores, 112

A língua do país chamado memória, 114

Netanyahu estuda a retirada militar, 118

A difícil arte da barganha, 120

Equívocos e acertos encravados no Brasil, 122

Oriente Médio: linhas e entrelinhas, 126

Médicos e monstros, 128

Israel transforma lenda em realidade, 130

Gesto de grandeza, 134

"Precisamos de paz para nossa prosperidade cultural", 136

Os estranhos caminhos da história, 139

O difícil caminho do entendimento, 142

Uma cálida noite de outono de 48, 144

As múltiplas linguagens da literatura judaica, 146

Os insólitos, comoventes, caminhos da paz, 149

Um patriarca no deserto, 151

O triunfo da justiça, 153
E agora?, 155
Mensagem de paz, 157
Romeu e Julieta 2001, 159
Mandem o trem pagador, 164
Pequena serenata pela paz, 166
Holocausto e literatura, 168
Mensagem de esperança, 173
O aprendizado de Lenny Kravitz, 175
O mercador de Veneza, 177
Controvérsia viva, 180
Em busca da tolerância, 185
Uma reabilitação histórica, 188
A nossa frágil condição humana, 191
E se Israel tivesse perdido a guerra?, 193
Uma lição de vida, 196
Israel, sessenta anos, 199
A voz do profeta, as vozes da paz, 202
Valsa triste, 204
Crimes e erros, 207

O olhar mágico de Moacyr Scliar

Regina Zilberman

> A condição judaica. Você não se livra dela.
>
> Moacyr Scliar, em 1981,
> entrevista a Edla van Steen

1. MOACYR SCLIAR CRONISTA

Este livro contém 68 crônicas escritas para *Zero Hora*, jornal porto-alegrense de que Moacyr Scliar foi colaborador desde a primeira metade dos anos 1970 até a morte. As crônicas que o compõem foram publicadas entre 1977 e 2010, atravessando, pois, largo período de atuação do escritor na imprensa do Rio Grande do Sul.

Além de duradoura, a participação de Scliar no jornalismo gaúcho, em especial em *Zero Hora*, foi intensa, resultando em mais de 5 mil crônicas. Exemplo dessa fecundidade são os volumes *A poesia das coisas simples* e *Território da emoção*, obras lançadas respectivamente em 2012 e 2013, dedicada a primeira a temas relacionados à escrita literária, à leitura e a personalidades da cultura, e a segunda a tópicos relativos à saúde e ao exercício da medicina, o lado B, digamos, da vida profissional de Moacyr Scliar.

Neste terceiro volume de crônicas, outra é a linha que costura os textos: agora são privilegiadas questões vinculadas ao judaísmo, examinadas desde o que o autor define como o olhar do judeu, aquele que, em suas palavras, "vê o que os outros não veem", proprietário que é de um "olho arguto, olho mágico", que "enxerga poros nas superfícies lisas, minúsculas fissuras nos revestimentos".*

Sabe-se que competiu a Moacyr Scliar conferir consistência à temática judaica na literatura brasileira. Pode não a ter inaugurado, pois antecedeu-o, no Rio Grande do Sul, Marcos Iolovitch, autor de *Numa clara manhã de abril* (1940), obra e autor pelos quais nutriu grande admiração. Em termos nacionais, Samuel Rawet, com *Contos do imigrante* (1956), traduziu, com grande competência, a melancolia e o abandono do indivíduo que chega a nosso país no rescaldo do Holocausto, obrigado a buscar nova pátria após a destruição do mundo que precedeu aos campos de concentração nazistas. Coube, porém, a Scliar propor a representação mais completa e inventiva do tema e da personagem judia, traduzindo seu presente e história, seus traumas e cultura, sua participação na sociedade brasileira e a tradição mítica e simbólica legada à humanidade. Abriu um caminho que facultou o aparecimento de mais de uma geração de criativos ficcionistas, como Bernardo Ajzenberg, Bernardo Kucinski, Cíntia Moscovich, Michel Laub, Rafael Bán Jacobsen, Tatiana Salem Levy. E até se pode cogitar que Clarice Lispector só veio a

---

* Moacyr Scliar, *A condição judaica: Das tábuas da lei à mesa da cozinha*. Porto Alegre: L&PM, 1985, p. 93.

produzir *A hora da estrela*, o romance em que explicita suas afinidades com o judaísmo, após conhecer Moacyr Scliar e ler sua obra.

O judaísmo comparece em todos os gêneros literários praticados por Scliar: em contos de *O carnaval dos animais* e *O olho enigmático*, em romances, desde os primeiros (*A guerra no Bom Fim*, *O exército de um homem só* e *Os deuses de Raquel*) até os últimos (*A mulher que escreveu a Bíblia*, *Os vendilhões do templo* e *Manual da paixão solitária*), passando pela literatura infantil (*Memórias de um aprendiz de escritor*, *Um menino chamado Moisés*), a novela (*Na noite do ventre, o diamante*) e o ensaio (*A condição judaica*).

Não surpreende, pois, que temas relativos ao judaísmo apareçam nas crônicas difundidas pela imprensa, sobretudo em *Zero Hora*, onde manteve uma coluna semanal no caderno de notícias, bem como uma página na "Revista zh", depois no suplemento feminino "Donna", além de colaborar reiteradamente nas páginas de "Opinião" e do "Informe Especial". Essas crônicas, porém, não tinham sido reunidas em livro, lacuna que esta seleção procura preencher.

2. A QUESTÃO DO JUDAÍSMO

Em princípio, judaísmo refere-se à religião praticada pelos descendentes do povo que Moisés liberou do Egito, onde, segundo o relato bíblico, haviam sido escravos por alguns séculos. O culto monoteísta nascido da conversão de Abraão, à época dos sumérios, teria sido mantido por seus herdeiros, primeiramente Isaac, depois Jacó e, enfim, pelos doze filhos deste, entre os quais José, que, bem-sucedido no Egito, estimulou os irmãos a mudarem-se para aquele império. Depois, vieram a escravidão e a emancipação, alcançada graças à intervenção divina, que motivou Moisés a liderar o povo, agora livre, às terras de Canaã, com a condição de que o reconhecessem como divindade única e insubstituível.

O judaísmo é, pois, a religião de Moisés, ou mosaica, que chegou até a atualidade após alguns êxitos políticos, representados por reis como Davi e Salomão, e muitos percalços, decorrentes da ocupação do território de Canaã por invasores provenientes do Oriente, como os babilônios, ou do Ocidente, como os romanos, o que determinou o exílio e a dispersão. No intervalo entre a origem remota e o presente, redigiu-se um livro primordial, a Bíblia hebraica, erigiu-se um templo, em Jerusalém, reverenciado por atestar a aspiração à unidade religiosa, e propiciou-se o aparecimento de outras crenças, de que é exemplo o cristianismo.

Uma particularidade do judaísmo é que à religião associou-se uma etnia, processo nem sempre recorrente em outras doutrinas. Por razões diversas, os judeus constituem uma coletividade que se particulariza por hábitos e cultura, e, sobretudo, pelo compartilhamento de um passado comum. Do ponto de vista biológico, pouco pode haver em comum entre judeus etíopes e europeus, orientais ou ocidentais; mas a maioria deles certamente celebra a liberação do Egito, admite a ancestralidade de Abraão ou Moisés, concorda em que o Pentateuco ou Torá narram suas origens e reconhece na Bíblia hebraica seu texto fundador.

Há etnias que não partilham a mesma fé, e à maioria das doutrinas religiosas não se associa uma etnia em especial. Mas não apenas esse aspecto particulariza o judaísmo: a ele se vincula um território, ainda que mítico: a terra prometida por Deus a Abraão, depois a Moisés, conforme relata o Pentateuco. As missões atribuídas aos patriarcas e aos profetas apresentam componente mítico; mas elas dispõem de contrapartida histórica, sinalizada pela destruição do primeiro e do segundo templo, determinando o exílio na Babilônia e, depois, a Diáspora.

Por causa de tais disposições, os judeus configuram-se em uma nação, como foram designados por muito tempo, ainda que jamais tenha constituído um Estado, conceito moderno que não corresponde aos períodos em que a Judeia esteve sob a administração de reis poderosos, como Salomão. Após a Diáspora, os judeus transformaram aquele passado, em seus bons e maus momentos, em uma lembrança nostálgica e em um esforço de resgate, de que são exemplos as lamentações de Jeremias: "Se eu me esquecer de ti, Jerusalém, que me seque a mão direita!".

É inegável a contribuição do judaísmo à cultura ocidental: como religião, inspirou o cristianismo e suas vertentes; como pensamento, fomentou a filosofia desde a época helenista; a aliança com os árabes na Idade Média cooperou para o desenvolvimento das ciências da saúde; seu livro fundador, a Bíblia hebraica, estimulou notável produção artística na literatura, na música e nas artes plásticas ao longo da história do Ocidente.

O judaísmo, contudo, não passa incólume pela história: em várias épocas do passado, os judeus foram vítimas de preconceitos e perseguições — o antissemitismo. Estereótipos como o de Ahasverus, o judeu errante, nos primórdios do cristianismo, do agiota, na Idade Média, ou do herege, na Idade Moderna, exemplificam algumas das facetas da discriminação de que os grupos hebreus foram alvo. Episódios históricos de largo alcance, como a Inquisição ou o Holocausto, evidenciam que não se pode entender aqueles fatos como frutos da paranoia, do exagero ou da fantasia.

Como se não bastasse, outro problema aflige judeus e caracteriza a questão judaica na atualidade: o Estado de Israel.

O regresso à Terra Prometida deve ter estado no horizonte das coletividades judaicas europeias depois da Diáspora e da consolidação do cristianismo, sem que nenhuma medida concreta tivesse sido tomada. Porém, na segunda metade do século XIX, com, de uma parte, a afirmação do Estado-nação no Ocidente, de outra, a expansão dos ideais socialistas, o projeto de construção de um Estado nacional judeu começou a tomar forma, encontrando em Theodor Herzl um de seus arautos. Por sua vez, o recrudescimento do antissemitismo na Europa oriental, somado ao empobrecimento decorrente das perdas provocadas pela guerra de 1914, motivou a migração de contingentes judeus. Boa parte escolheu a América como destino, mas, em número considerável, outra parte escolheu a Palestina, no esforço de concretizar um ideal de certo modo corporificado nos patriarcas bíblicos. A colonização de áreas da Palestina por judeus europeus veio na contramão dos desígnios imperialistas dos britânicos, que governavam a região, e de grupos árabes já assentados no local. Contudo, o genocídio de 6 milhões de judeus por parte da Alemanha nazista constituiu um argumento forte para que fosse admitida a divisão de parte do território palestino entre os dois grupos étnicos que o habitavam, de que se originou o Estado de Israel. A aceitação da partilha nunca foi pacífica, resultando nos conflitos permanentes que vive a área geográfica conhecida como Oriente Médio, onde convivem países independentes e populações variadas, submetidas às consequências de disputas nascidas à época do auge do imperialismo e que mesclam interesses econômicos e políticos na busca da hegemonia e do poder.

Ser um escritor judeu, comprometido com a etnia a que pertence e consciente dos problemas que essa situação representa, significa procurar traduzi-la por meio do exercício da literatura. Moacyr Scliar não foge dessa arena, que enfrenta na sua ficção e que transparece igualmente na prática cotidiana da crônica. O desempenho dessa tarefa leva-o a abordar os distintos ângulos que compõem a questão judaica, examinada de uma perspectiva peculiar — o "olho arguto" de que é dotado, não

14

esmorecendo, mesmo quando o tema é espinhoso, reduzido o espaço de que dispõe no jornal para expressá-lo, e limitado o tempo entre o fato ocorrido e a oportunidade para comentá-lo. Da adequada solução a essas contingências nasce a crônica de Moacyr Scliar.

3. O OLHAR DE MOACYR SCLIAR

As crônicas escolhidas abrangem um período de mais de trinta anos e são apresentadas na sequência cronológica de publicação em *Zero Hora*. Para caracterizá-las, convém dividi-las em três grupos, considerando o tópico predominante. Mencionemos primeiro o conjunto formado por cinco crônicas de assuntos associados à literatura: "O judaísmo em Kafka", "Do Éden ao divã: o humor judaico", "A língua do país chamado memória", "As múltiplas linguagens da literatura judaica" e "Holocausto e literatura". O segundo grupo contém doze crônicas que abordam a dolorosa questão do antissemitismo: "A nostalgia de Hitler", "O sobrevivente", "A Inquisição revisitada", "Tirando os esqueletos do armário", "Equívocos e acertos encravados no Brasil", "Médicos e monstros", "Os estranhos caminhos da história", "Mensagem de esperança", "O mercador de Veneza", "Uma reabilitação histórica", "A nossa frágil condição humana" e "Uma lição de vida".

A política de Israel e dos países árabes, na conturbada região do Oriente Médio, é matéria do terceiro grupo, de que fazem parte 51 crônicas. A gritante diferença numérica não significa que Scliar não se interessasse por questões históricas ou culturais, haja vista o teor das crônicas que compõem *A poesia das coisas simples*, provenientes, também elas, das colunas de *Zero Hora*. Mas é evidente que, para o escritor, urgia reagir, com sensatez, prudência e sabedoria, aos acontecimentos que faziam as manchetes dos jornais, ajudando seu leitor a entendê-los, para, também este, se posicionar de modo racional e lúcido. Diante da passionalidade e da barbárie dos eventos, deparamos então com a reflexão ponderada do cronista, atitude que ele mantém do primeiro ao último texto.

As crônicas dedicadas à arte e à cultura permitem visualizar como se dão as relações entre a literatura e o judaísmo, que pode ou não se apresentar na temática da obra de escritores pertencentes à etnia judaica. Exemplifica a primeira alternativa o próprio Moacyr Scliar, criador de personagens produzidas por sua imaginação, como o Capitão Birobidjan, de *O exército de um homem só*, ou apropriadas da história, como Noel Nutels, de *A majestade do Xingu*, e da Bíblia hebraica, como Onan, de *Manual da paixão solitária*. A outra alternativa não é menos importante, e Scliar a localiza em Franz Kafka ("O judaísmo em Kafka"), o escritor que não falou de judeus, mas que entendeu o mundo e os homens a partir de sua situação étnica, facultando-lhe expressar o absurdo e a marginalidade do ser humano diante de engrenagens poderosas a que não pode derrotar.

Scliar e Kafka escreveram em suas respectivas línguas maternas, ainda que o segundo pudesse escolher entre o alemão e o tcheco. Mas os judeus da Diáspora tiveram oportunidade de contar com uma língua diferenciada, o iídiche, conforme comenta a crônica dedicada a esse tema ("A língua do país chamado memória"). Originada da contribuição dos falares das distintas regiões por onde passaram as comunidades migrantes, o iídiche converteu-se em um idioma híbrido e globalizado, refletindo à sua maneira as características da coletividade que o empregava, ao mesmo tempo dispersa do ponto de vista geográfico e unida desde o ângulo da cultura. À situação da Diáspora relaciona-se igualmente outro ponto destacado por Scliar — o tipo de humor que essa coletividade pratica ("Do Éden ao divã"), que lhe confere índole própria e que foi matéria não apenas de sua crônica e uma antologia organizada por ele, mas também de reflexões filosóficas e psicanalíticas, como *O chiste e sua relação com o inconsciente*, de Sigmund Freud.

A literatura judaica não se limita aos escritores de procedência hebraica, incluindo também os nascidos em Israel, que, como sugere "As múltiplas linguagens da literatura judaica", se consideram seus autênticos representantes. A reivindicação pode ser contestada, mas não se pode negar a força e a vitalidade da produção originária daquela região, o que soma àquele patrimônio um componente nacional e linguístico, pois é redigida em hebraico, o idioma oficial do país. Por sua vez, a literatura judaica lida com temas específicos, que podem ter sido, no passado, a vida aldeã dos judeus do Leste Europeu, mas que, na segunda metade do século XX, se associaram à denúncia do Holocausto e seus horrores, como se vê na crônica sobre a obra do húngaro Imre Kertész ("Holocausto e literatura").

O Holocausto está presente também no grupo de crônicas vinculadas ao tema do antissemitismo, de que são evidências as perseguições e os pogroms (palavra russa que pode ser traduzida por "massacre") sofridos pelas coletividades judaicas ao longo da história. Nos dois primeiros textos, "A nostalgia de Hitler" e "O sobrevivente", Scliar alerta para a contemporaneidade da questão: de uma parte, porque o nazismo, como visão de mundo e forma de organização, nunca foi extinto; de outra, porque os indivíduos que resistiram ao extermínio ainda estão aí, sendo sua mera existência testemunho de acontecimentos passados que cabe conhecer. "Médicos e monstros", por sua vez, discute o papel da ciência, no caso a medicina, na sociedade, sobretudo quando um indivíduo perde de vista os ideais dentro dos quais ocorreu sua formação profissional, para dar vazão a preconceitos e perversões, possíveis em Estados autoritários como foi o alemão à época do nazismo e dos campos de concentração.

O Holocausto não constituiu a única ocasião em que a sociedade foi conivente com o genocídio de judeus. A Inquisição pode não ter produzido quantidade similar de vítimas em tão pouco tempo, pois assombrou a vida colonial brasileira por mais de duzentos anos. Por sua vez, seus efeitos não atingiram apenas os cristãos-novos, tendo também prejudicado o desenvolvimento econômico de Portugal e da América lusitana. Em "Tirando os esqueletos do armário", o cronista avança o assunto até o Brasil contemporâneo, verificando ainda seu componente racista em "Equívocos e acertos encravados no Brasil". Em "Os estranhos caminhos da história", Scliar detém-se particularmente no período de Getúlio Vargas, destacando a ambiguidade do comportamento desse político diante da necessidade de acolher imigrantes que tentavam escapar ao nazismo, sem, porém, entrar em conflito direto com o governo alemão. As quatro crônicas traçam, assim, a história dos judeus no Brasil, colaborando para a compreensão do lugar ocupado pelo país em uma trajetória funesta de perseguições, mas também de esforços de suplantar as diferenças, alcançando algum tipo de harmonia étnica e cultural.

As relações entre antissemitismo e cultura aparecem nas crônicas dedicadas a dois filmes: "Mensagem de esperança", sobre *O pianista*, de Roman Polanski, e "*O mercador de Veneza*", sobre a adaptação cinematográfica da peça de William Shakespeare. As crônicas apontam para o papel da arte, quando se trata de dar vazão a preconceitos. De *O pianista*, Scliar destaca a importância que tem a música, com seu componente humanista, para a sobrevivência física e mental do protagonista. Em "*O mercador de Veneza*", Scliar discute o teor antissemita dessa obra de Shakespeare, que o grande dramaturgo inglês não evitou e que se transformou em um problema para sua fortuna crítica, em parte relativizado pelo cronista sulino.

O mercador de Veneza, em que Shylock ocupa papel predominante, sugere a questão do judeu estigmatizado — o pária, na definição de Hannah Arendt.* Essa é a matéria de três das crônicas componentes do grupo, dedicadas respectivamente a Alfred Dreyfus ("Uma reabilitação histórica"), Henry Sobel ("A nossa frágil condição humana") e Anne Frank ("Uma lição de vida"). Os motivos que conferiram protagonismo a essas personalidades diferem: Dreyfus foi considerado um traidor da pátria, e Anne Frank, em seu diário, ofereceu inestimável testemunho da situação do judeu acossado pelo nazismo. Por sua vez, Sobel destacou-se, no Brasil dos anos de chumbo, como defensor dos direitos humanos, mas sucumbiu às próprias fraquezas. Em cada um deles, está presente um modo de se comportar e reagir perante os perigos do mundo, que os faz mais dignos, mesmo quando malsucedidos.

Dentre as 68 crônicas escolhidas, 51 delas abordam especificamente Israel e os fatos políticos relativos às controversas relações dessa nação com palestinos e os países árabes com os quais faz fronteira. Sete crônicas, publicadas entre 1982 e 2008, formam o pano de fundo, narrando a história da idealização, da fundação e do fortalecimento do Estado judeu, almejado por Theodor Herzl ("Em busca da terra prometida"). A programática expressão desse jornalista, "Se quiserdes, não será uma lenda", emenda a crônica intitulada "Israel transforma lenda em realidade", reconstituindo a trajetória histórica que nasce com a dispersão dos judeus, à época do Império Romano, e desemboca no

---

* Hannah Arendt, *The Jewish Writings*. Nova York: Schocken Books, 2007.

anseio de recuperação de um espaço tornado mítico em decorrência de suas associações com a tradição religiosa e bíblica.

Por isso, três crônicas pelo menos ("Quarenta anos depois", "Uma cálida noite de outono de 48" e "Israel, sessenta anos") festejam a data em que a ONU, em assembleia, aprovou a instalação de um Estado judeu. Compõem igualmente o pano de fundo histórico dois outros textos, que relembram o levante do gueto de Varsóvia ("Uma lição para todos nós") e a atuação de Ben-Gurion ("Um patriarca no deserto"), líder do movimento emancipacionista israeli.

Se isolássemos as 44 crônicas restantes, teríamos o relato, passo a passo, dos conflitos entre o Estado de Israel e seus vizinhos — os refugiados palestinos, o Egito e o Líbano. Abrem a série "Barco na correnteza", sobre a atuação da Yasser Arafat e de sua Organização para a Libertação da Palestina (OLP), a que se segue "Os pratos da balança", em que Scliar aborda as negociações entre Menachem Begin e Anwar al-Sadat, respectivamente chefe do governo israelense e presidente do Egito. Sucede-as "Das ruínas de Beirute", texto revelador da independência de Scliar, crítico quando necessário do comportamento bélico do Estado judeu.

Fiel a esse posicionamento, Scliar não se constrange em sugerir alternativas de ação política, levando em conta as características culturais dos contendores ("Diário de bordo", "A arte da barganha", "O escorpião e o besouro" e "A difícil arte da barganha"); nem em condenar atitudes que considera equivocadas do governo israelense ("Crimes e erros"). E detém-se particularmente nas dificuldades experimentadas pela população israelense, cujo cotidiano está permanentemente ameaçado pelos atentados terroristas ("Harpas e bombas", "Atentados ferem a paz em Israel" e "O ônibus e a vida").

No conjunto dessas crônicas, Scliar expressa sua principal

expectativa — a de que seja alcançada a paz naquela região. Sintomaticamente, a palavra "paz" aparece com frequência nos títulos dos textos ("Um passo para a paz", "Enfim a pomba da paz voa sobre terras bíblicas", "É o ano da paz?", "'Precisamos de paz para nossa prosperidade cultural'", "Os insólitos, comoventes, caminhos da paz", "Mensagem de paz", "Pequena serenata pela paz" e "A voz do profeta, as vozes da paz"), além de consistir na temática de outros, como "A crescente maré do fanatismo" e "A lógica do terror". Por isso, Scliar valoriza as ações positivas que sinalizam essa disposição, lideradas por intelectuais ("Os dilemas do povo do livro", "Controvérsia viva" e "Valsa triste"), religiosos ("Gesto de grandeza") ou membros do Tribunal de Justiça ("O triunfo da justiça").

Ações como essas somam-se às que vão "Em busca da tolerância", como sugere o título de uma das crônicas, o que se manifesta também em "O aprendizado de Lenny Kravitz". A tolerância opõe-se à intransigência e aparece como alternativa às desigualdades e incompreensões, como a que Scliar narra em "Romeu e Julieta 2001". Em todas essas manifestações, emerge o que mais valoriza na cultura a que pertence: a ética judaica, fundada na justiça e no equilíbrio, como expõe dos primeiros aos últimos textos.

As crônicas que Moacyr Scliar dedicou ao judaísmo revelam não apenas o conhecimento que o escritor tem da cultura hebraica, suas posições pessoais e aspirações políticas. São também a expressão acabada da afinidade entre teoria e prática, entre pensamento e ação, entre julgamento e ética, sublinhando enfaticamente, nesse ponto de nossa história, seis anos depois do falecimento do autor e diante dos problemas que enfrentam o Brasil, o Oriente Médio e nosso planeta, a falta que ele faz.

A nostalgia de Hitler

[03/10/1977]

Se Adolf Hitler tivesse vivido entre os elefantes, até hoje ele estaria sendo lembrado. Mas ele viveu entre seres humanos — uma espécie que, aparentemente, tem memória curta. As notícias o demonstram: não só existe hoje na Europa uma quase total ignorância a respeito do nazismo, como a figura de Adolf está agora revestida de uma auréola mágica. "Adolf Hitler, Superstar" — diz uma revista europeia. Um Führer glamorizado reaparece agora em livros e filmes. As suásticas reaparecem. Há partidos neonazistas em várias partes do mundo. E na Argentina tivemos, até há pouco tempo, uma onda de antissemitismo de inspiração nitidamente nazi, para o qual o caso Gralver (o financista que girava com o dinheiro dos montoneros) serviu de estopim.

Será que o nazismo está voltando? — me perguntaram jovens estudantes a quem, faz umas semanas, dei uma palestra. Na realidade, o nazismo nunca desapareceu totalmente; sob disfarce, ele permanece vivo e atuante em várias partes do mundo. Onde quer que tenhamos a intolerância, a repressão, o racismo, o velho Adolf estará presente, em espírito. Na Rodésia, por exemplo, ele estaria bem à vontade. Nem por isso, contudo, devemos ficar paranoicos. O Terceiro Reich não foi um episódio isolado, uma espécie de praga que se abateu sobre a humanidade; foi um movimento com raízes socioeconômicas e psicológicas perfeitamente identificáveis. Foi, em resumo, a expressão do desespero de forças econômicas acuadas. Atualmente, a direita (da qual o nazismo é o expoente máximo) não parece tão desesperada assim. Nem os povos estão despreparados. Os tempos são outros; mas isso não nos deve dar descanso. Ao contrário. Precisamos falar no assunto, discuti-lo tanto quanto possível. Os totalitários se refugiam no silêncio e nas sombras.

Mas enfim, já que a moda Hitler está aí, e já que muita gente está faturando em cima do assunto, aqui vão algumas sugestões a respeito de como aproveitar a popularidade de Hitler — especialmente na sociedade de consumo, capaz de comercializar qualquer coisa.

Eis alguns lançamentos de sucesso garantido:

— Fogões a gás Terceiro Reich: extremamente limpos, silenciosos e econômicos. Equipados com forno crematório.

— Uma dança para entrar na moda: o rock de Adolf. Um passo adiante, vários para trás. Uma volta para a direita. Um discurso inflamado. Termina com o fuzilamento do parceiro.

— Reich-Ball: é um jogo semelhante ao futebol, só que jogado em campo de concentração, rodeado de cercas eletrificadas. Uma vantagem desse jogo é que as equipes estão permanentemente concentradas, o que lhes dá uma disciplina invejável. O jogo, apesar do nome, não tem bola. Consiste em empurrar os adversários para câmaras especiais onde eles... Bom, seria de mau gosto descrever, ganha o time que consegue ter maior número de sobreviventes.

— Manteiga Blitzkrieg: não existe. O Terceiro Reich prometia canhões em vez de manteiga, lembram? A caixa de manteiga Blitzkrieg contém canhõezinhos em miniatura para as crianças brincarem. É educativo e não aumenta o colesterol, como a manteiga comum.

— Clínicas Mengele: o dr. Mengele, que trabalhava com cobaias humanas (injetava corantes nos olhos de crianças para torná-los azuis), bem que poderia abrir uma rede de clínicas para o tratamento dos indesejáveis.

— "Solução final": um coquetel explosivo, à base de ácido cianídrico e napalm. Pode ser uma interessante variante nas festinhas de embalo.

Macabro, tudo isso? Pode ser. Em matéria de mau gosto não se compara com as fotografias (autênticas) dos novos nazistas empunhando bandeiras com suásticas.

O sobrevivente

[07/05/1978]

Vocês já devem ter encontrado com ele na rua, ou num ônibus, ou no cinema, ou numa churrascaria. Provavelmente sua figura não lhes chamou a atenção: um homenzinho pequeno, magro, de óculos, de uns sessenta anos, igual a todos os homenzinhos sessentões, pequenos, magros e de óculos, que andam por aí. É verdade que ele tem jeito de estrangeiro e fala com sotaque — mas afinal, os estrangeiros não são raros em nosso estado.

Da próxima vez que vocês o encontrarem, reparem melhor nele. Vocês verão que tem um tique nervoso: às vezes aperta os lábios, como se estivesse se contendo para não dizer algo, ou talvez para não gritar. Reparem que suas mãos tremem um pouco quando acende o cigarro. Aliás, ele fuma demais: os dedos estão manchados de alcatrão. E notem o jeito furtivo com que olha para os lados. De que tem medo? De que alguém o esteja seguindo?

Isso é o que vocês veem, mas há mais, e vocês bem podem imaginar. Que esse homem dorme mal, é fácil de deduzir; que ele rola na cama de um lado para o outro, que ele fala durante o sono, tudo isso é previsível. Vivemos num mundo conturbado, e não são poucas as pessoas angustiadas, perseguidas por pesadelos que resistem aos tranquilizantes e ao álcool.

Contudo não são problemas familiares que esse homem tem, ou dificuldades com os negócios. Há outras coisas que o inquietam, e destas vocês não sabem.

Vocês não sabem que o homenzinho pequeno, magro e de óculos, estremece cada vez que lê nos jornais notícias sobre o reaparecimento do nazismo na Europa, ou nos Estados Unidos, ou na América Latina.

Estremece quando vê publicados trechos dos *Protocolos dos sábios de Sião*, obra forjada pela política tsarista, atribuindo aos judeus uma conspiração para dominar o mundo.

Esse homem estremece cada vez que ouve no rádio notícias sobre prisões arbitrárias. Sobre torturas de prisioneiros. Sobre massacre de populações indefesas. Sobre o surgimento de novas e terríveis armas de destruição. São notícias que o inquietam, que o fazem sofrer e que ele não consegue esquecer, apesar de ir ao cinema, de ver novelas na televisão, de ler revistas humorísticas, de passar as férias na praia. Mas quem é esse homem, afinal?

Pouca gente sabe. O nome dele não é desconhecido; é um nome complicado, mas não em código. Um nome, porém, pouco ou nada diz da pessoa. E dessa pessoa pouco se sabe. É europeu, mas de que país? Por que saiu de lá? O que lhe aconteceu para que tenha pesadelos?

Dizem que ele passou pela guerra. Dizem que lutou no gueto de Varsóvia contra os nazistas. Dizem que esteve num campo de concentração, que sofreu fome e foi torturado. Dizem que tem gravado na pele do braço um número — o seu número de prisioneiro. Isso é o que dizem. Pode não ser verdade. Pode ser pura invenção.

Mas o número está lá. O número está no braço do homem.

Embora ele procure ocultá-lo, às vezes se distrai e o número aparece.

Perguntem ao homem sobre esse número. Ele ficará confuso, procurará desconversar. Por fim dirá:

— Isto? Não é nada, não. É o número de meu telefone. É que eu sou muito esquecido, sabe? Muito, muito esquecido.

Barco na correnteza

[09/08/1978]

A coisa parece em ritmo de escalada: a OLP instala um escritório no Brasil. Arafat conversa com Kreisky (que por sinal é judeu) e com Brandt. Carter compara as reivindicações dos palestinos à luta pelos direitos civis — e por cima de tudo o poder do petróleo aumentando. Muita gente surpresa com o rumo dos acontecimentos. E com razão. É mesmo surpreendente.

Nestes dias, tenho me lembrado de um livro que li quando era garoto e que me ficou gravado na memória. Era da Terramarear, uma coleção de aventuras, e chamava-se *Os negreiros da Jamaica*, de um Mayne Reid. Sendo uma obra de aventuras, tinha mocinhos — um jovem fazendeiro inglês e sua bela e loira namorada — e vilões. Um deles, um feiticeiro indígena. O outro: um traficante de escravos, tipo sinistro, um velho de nariz adunco, sempre vestido de preto e com um guarda-chuva. Um judeu, como o autor assinalava repetidamente no decorrer da história, que termina, como seria de esperar, com o castigo dos bandidos. Uma cena emocionante: o feiticeiro e o traficante estão, por alguma razão que já não me lembro, num barquinho que ameaça virar a qualquer instante num rio encachoeirado. O feiticeiro resolve se salvar de qualquer maneira. Para diminuir o peso do barco, agarra o judeu (como uma aranha à mosca, dizia Mayne Reid) e atira-o à correnteza! Providência inútil, porque a embarcação acaba naufragando de qualquer maneira — pelo visto, o peso do judeu não fazia muita diferença.

Lembro-me de ter ficado revoltado com essa narrativa. Esse safado é um antissemita, pensei do autor; antissemita e mentiroso.

Mas não era mentira. Mais tarde descobri que realmente muitos dos traficantes de escravos na Jamaica eram judeus — aliás, saídos do Brasil com a expulsão dos holandeses. O que me deixou consternado. Judeus traficando com escravos, aquilo me parecia inconcebível. Amadureci um pouco mais e acabei aceitando o fato. Sim, os judeus tinham se envolvido neste tipo de comércio. E por que não? Os judeus são como qualquer outra pessoa. Além disso, à época esse era um ramo de atividades perfeitamente normal. E mais ainda: um ramo de atividades no qual os judeus eram obrigados a se introduzir — ninguém permitiria que se tornassem proprietários de terras, por exemplo. E mais ainda: alguém comprava os escravos com que judeus negociavam. Inclusive o jovem fazendeiro inglês, de tão nobre estirpe. A hipocrisia de Mayne Reid, como de resto a dos antissemitas em geral, estava em ter escamoteado esses fatos. Em ter negado a História.

Mas, voltando ao livro, creio que muitos de nós têm a sensação de que o feiticeiro — o Ocidente, e Carter em particular — quer atirar o judeu à água para salvar a sua canoa das águas turbulentas da crise energética. É uma visão pessimista, mas que talvez não se justifique. Houve época em que Israel estava totalmente voltado para os Estados Unidos. Lembro-me de que um senador chegou a propor — a notícia saiu no *Time* — que Israel se transformasse num estado norte-americano, uma espécie de

Alasca do Oriente Médio. Os tempos já não são mais esses. Israel está hoje decisivamente envolvido na região. Pode, segundo alguns, estar do lado errado, especialmente no que se refere ao Líbano — mas pelo menos está claro que o destino do Estado agora vincula-se ao dos povos vizinhos. Se a realidade palestina está se impondo, graças ou não ao petróleo, a realidade israelense está definitivamente consolidada, por mais que os líderes palestinos queiram negar a "entidade sionista". E está consolidada graças aos princípios que presidiram à construção do Estado, e que são, fundamentalmente, princípios de justiça, de igualdade e de fraternidade, derivados dos profetas bíblicos e dos grandes reformadores de que foi tão rico o jornalismo. Esses princípios não são palavreado teórico; concretizaram-se em experiências tão avançadas quanto o kibutz e a sociedade de bem-estar social que hoje caracteriza Israel.

Ninguém atirará os israelenses às águas — nem do rio, nem do mar. Bem que os (vários) feiticeiros gostariam; mas, para isso, seria preciso que Israel aceitasse o papel de traficante do poder. Esta, sim, é uma opção séria, não só do ponto de vista moral, como também do ponto de vista da própria sobrevivência do Estado. Israel não pode ser gendarme no Oriente Médio. Nem patrão. Seria um erro tremendo. Não é por causa de religião que os povos brigam, nem por lugares sagrados. Se à religião e à posse dos lugares sagrados se associa a dominação econômica, o que frequentemente ocorreu no Oriente Médio, aí sim estará deflagrado o conflito. É uma opção política e econômica. Nesse sentido, é bom lembrar a expressão de Martin Buber, que tanto se dedicou à causa da paz: uma política imoral é também uma política burra. Aliás, basta lembrar o recente caso das armas de Somoza: uma transação imoral e um mau negócio, já que, segundo foi noticiado, essas armas não serão pagas.

Bem, se dirá, mas é difícil opinar de longe. Talvez. Talvez

seja mais fácil opinar de longe, graças a uma melhor perspectiva. De qualquer modo, de longe podemos, pelo menos, torcer. E vamos torcer para que o barco de Israel — e do Oriente Médio — chegue em paz a seu destino.

Os pratos da balança

[08/10/1978]

Quarta-feira próxima marca uma data importante no calendário judaico: o Yom Kippur. Dia do Perdão, Dia do Julgamento, o Yom Kippur se tornou famoso, não só por seu significado, como também por ter dado o nome a uma guerra. Guerra aliás muito importante: reforçou o até hoje vacilante prestígio do presidente Sadat. Certamente a viagem do governante egípcio a Jerusalém e, mais recentemente, o acordo de Camp David são resultados indiretos da Guerra do Yom Kippur. Por trás disso tudo, naturalmente, está uma conjuntura internacional complicada demais para ser analisada neste curto espaço. Vamos ficar só com o Yom Kippur e o Oriente Médio.

No Yom Kippur está implícita uma ideia de perdão, de reconciliação — como em parte é o acordo de Camp David — mas precedida pelo julgamento, pela avaliação. Uma tônica constante no Antigo Testamento, que tem um capítulo inteiro dedicado aos Juízes de Israel e uma passagem famosa (do livro de Daniel) em que Deus disse ao rei Nabucodonosor: Foste pesado na balança e achado muito leve. De fato, tempos depois, Nabucodonosor, louco, estava comendo grama nos jardins do palácio (se com isso aumentou seu peso, a Bíblia não diz). Essa ideia de equilíbrio da balança é fundamental na ética judaica. O mal pode existir, mas ele deve ser equilibrado com o bem. Há uma lenda judaica segundo a qual todos os pecados da humanidade podem ser anulados pelas boas ações de apenas dezoito justos.

Uma ideia semelhante deve ter animado o evangélico Carter em suas negociações com Begin e Sadat. É certo que o presidente americano não tem poderes divinos; mas tem mísseis, aviões e dólares — os quais, ainda que desvalorizados, pesam bastante.

Em outras balanças e equilíbrios não teria conseguido tão facilmente. Basta lembrar o drama dos palestinos — um peso considerável em matéria de dor e sofrimento. Nesta balança, Israel seria considerado muito leve. Mas, pergunto, que outros elementos colocar nos pratos? As colônias dos fanáticos do Gush Emunim ou o kibutz, com seus ideais socialistas? A política econômica de Begin, proposta pelo retrógado Milton Friedman (assessor de Pinochet), ou as ideias dos reformadores sociais que estabeleceram as bases do Estado de Israel? Os legítimos direitos dos palestinos ou as vítimas do terror?

O que eu quero dizer é que é muito difícil julgar.

Uma lição para todos nós

[17/04/1982]

Quarenta anos do levante do gueto de Varsóvia. A 19 de abril de 1943, as bem armadas tropas nazistas, sob o comando do major-general ss Jürgen Stroop, entraram no velho bairro judeu da capital polonesa para o que imaginava-se ser uma simples operação de limpeza contra alguns milhares de rebeldes desesperados e mal armados. Teve assim uma sangrenta batalha que durou 33 dias. O gueto teve de ser tomado casa a casa, com o emprego maciço de tanques, artilharia, lança-chamas. Os judeus lutaram até o fim, muitos preferindo o suicídio a cair nas mãos do inimigo. Quarenta mil foram mortos, a metade no próprio gueto, o restante em Treblinka, para onde foram levados os prisioneiros.

O levante do gueto não foi uma explosão de fúria. Na realidade, começara a ser preparado um ano antes, quando um jovem militante sionista de esquerda, Mordechai Anielewicz, convenceu os líderes da comunidade de que a revolta armada representava o único caminho para a resistência. Aos poucos, armas foram sendo contrabandeadas para dentro do bairro judeu. Com essas poucas centenas de pistolas e granadas, com os coquetéis molotov, os guerrilheiros conseguiram enfrentar o que era então o melhor exército do mundo. Um impressionado Goebbels chegou a escrever em seu diário: "Vê-se o que os judeus podem fazer, quando estão armados".

Quarenta anos depois do levante do gueto, a expressão "judeus armados" evoca, para a maioria das pessoas, o Exército israelense invadindo o Líbano. Há fundamento nessa associação de imagens. Na criação do Estado de Israel estava implícita a ideia do nunca mais: nunca mais Holocausto, nunca mais gueto. O desespero continua latente, a fúria também, e isso explica os erros e as manipulações. Nas mãos de um líder carismático, como Begin, o Holocausto se transforma num poderoso instrumento de mobilização da paranoia e, indiretamente, de manutenção do poder.

Mas daí a comparar o Exército de Israel com as tropas nazistas vai uma distância grande demais. Uma tal comparação só é possível como fruto da supersimplificação do exagero, e talvez também da má-fé, sem falar de um oculto componente antissemita, sempre presente, mesmo em um país teoricamente livre de preconceitos, como é o Brasil. Não seria preciso dizer, mas é bom dizer: os nazistas estavam conquistando, os israelenses ainda estão, em grande medida, se defendendo. A Alemanha nazi era uma superpotência. Israel tem uma população que apenas ultrapassa a da Grande Porto Alegre. Não há como comparar, assim como não há como comparar os palestinos aos nazistas. O melhor é deixar as comparações e tomar as coisas como são — porque as coisas, como são, já são bastante complicadas. O suficiente, pelo menos, para dispensar conotações.

Inclusive porque o levante do gueto não é propriedade do povo judeu. Junto com as grandes rebeliões dos tempos modernos — a Comuna de Paris, a Revolução Russa, a Primavera de Praga — pertence à humanidade. Como no caso de outras revoltas populares, o reconhecimento desse fato só pode ser feito depois que o tempo permite o necessário distanciamento. Porque, à época, os combatentes do gueto eram definidos pelo general Stroop como "bandidos", como perturbadores da ordem. Sendo um general nazista ele não poderia, naturalmente, pensar de outro modo — e continuar um general nazista. Mas a coisa faz pensar. Até que ponto um perturbador da ordem não é simplesmente um ser humano lutando pela sobrevivência? Esta pergunta não pode ter uma resposta única, e nem precisa ter uma resposta única. Ela serve para introduzir um elemento de cautela no raciocínio das pessoas conscientes, especialmente num país como o nosso, em que cada vila popular pode ser considerada um gueto à beira da rebelião.

Resistir é um imperativo. Resistir, como o demonstrou Gandhi, não tem necessariamente a conotação de luta, muito menos de luta armada. Manter a honestidade onde impera a safadeza, a dignidade onde impera a subserviência; ser justo quando a tentação é ser injusto, eis aí o que significa resistir. Como no gueto de Varsóvia, esta é uma luta que precisa ser travada em cada casa. Contudo é uma luta que ficou mais fácil. E ficou mais fácil porque teve um gueto em Varsóvia, porque houve uma rebelião, e porque alguém disse: nunca mais. Ainda é possível oprimir as pessoas, e será possível por muito tempo, mas o preço que os opressores terão de pagar será cada vez maior. As ruas das cidades europeias e norte-americanas estão cheias de pessoas que protestam contra a corrida armamentista, que não acreditam em foguetes para a manutenção da ordem, que querem instituições apoiadas na justiça e não no autoritarismo.

Quarenta anos do levante do gueto. Quarenta anos foi também o tempo que o povo judeu teve que vagar no deserto antes que pudesse entrar na Terra Prometida. E precisaremos de muito mais. Mas, se existe Terra Prometida, e se um dia chegarmos lá, será, como no caso do povo de Israel, por termos aprendido nossa lição. A lição que os combatentes do gueto, entre outros, nos ensinaram.

Das ruínas de Beirute

[22/08/1982]

Entre as ruínas de Beirute Ocidental ficou um sonho — o sonho judaico de construir, em terras da bíblica Palestina, um país que representasse a concretização dos ideais de solidariedade, de justiça social, de desenvolvimento dos valores culturais — o sonho que anima o judaísmo desde a época dos profetas. O Estado de Israel nasceu da presença judaica na região, do apoio da ONU — mas sobretudo foi obra dos pioneiros que, no início deste século, para lá se dirigiram e constituíram os primeiros kibutzim. Essas pessoas não foram em busca de riqueza; tampouco foram em busca de lugares de oração; foram movidas por uma convicção ética e política, a mesma que motivou os grandes movimentos libertários da época moderna. A história de como esse movimento degenerou no que estamos agora vendo é longa, dolorosa, e de muito difícil entendimento. De qualquer modo, a lição que o general Sharon pretende ensinar aos palestinos, aos israelenses, aos judeus, ao mundo todo, é uma lição bem diferente da que ensinaram seus antecessores em terras de Israel: é a lição de que este é um mundo cão, que não se pode confiar em ninguém, que a única linguagem compreensível, o moderno esperanto, é o matraquear dos fuzis-metralhadoras. Os prejuízos dessa lição são óbvios — só nos Estados Unidos vivem hoje 600 mil israelenses, muitos dos quais saíram de seu país pelo cansaço da guerra —, mas também trazem vantagens, ainda que menos óbvias: é um instrumento de manutenção do poder. Enquanto há inimigos, não se pode discutir, diz essa doutrina de segurança.

Em lugar do sonho, porém, surgiu a consciência. O que estamos vendo, em Israel e na comunidade judaica de todo o mundo, é que um número cada vez maior de pessoas se recusa a aceitar a política dos fatos consumados, do silêncio imposto, da chantagem emocional. Não se trata de comunistas ou de contestadores habituais: são vozes tão respeitáveis quanto a de um Abba Eban, talvez o maior estadista que Israel já teve; isso sem falar no coronel Eli Geva, exemplo maior de coragem e de honestidade. Nós podemos contar com essas vozes. Elas representam o que de melhor existe no judaísmo, aquilo que fará de Israel um grande país e não um bando de pistoleiros. Nós podemos contar com a ética judaica, com o kibutz, com a sadia oposição. Eles resgatarão o sonho das ruínas de Beirute. Eles criarão as condições para que palestinos e israelenses possam viver em paz na região a que ambos têm direitos históricos e morais. Agora que se calam as armas, pode e deve falar a razão.

A voz dos profetas

[10/02/1983]

Coloquei guardas nos teus muros, ó Jerusalém, que nunca se calarão, nem de dia nem de noite. Essas palavras do profeta Isaías servem perfeitamente para descrever o trabalho da comissão designada pelo parlamento israelense para investigar o massacre de Sabra e Chatila. Verdadeiros guardiães da justiça, eles não se calaram. Incisaram o abscesso que latejava no organismo do país. E, por doloroso que fosse o procedimento, eles prosseguiram. Até o fim. Até a última gota do amargo cálice.

A ética judaica sempre esteve impregnada de um profundo senso de justiça. Por causa disso os profetas podiam dizer aos reis, aos ricos, aos poderosos, as verdades mais maduras e contundentes. Por causa desse senso de justiça os judeus sobreviveram como povo. Quando as desigualdades sociais prevaleceram, quando os ricos passaram a explorar desumanamente os pobres, os judeus não mais tiveram condições de manter a sua integridade nacional e sobreveio a Diáspora. Contudo, o espírito de justiça permaneceu vivo ao longo de séculos, espessando-se na voz dos reformadores sociais e dos pioneiros do kibutz. Agora, o espírito de justiça falou de novo, para alívio de todos quantos acreditaram no judaísmo e em Israel.

Compara-se a atitude da comissão israelense com a de outros governos, muitos outros governos, que têm a injustiça e a imoralidade diante do nariz — e calam-se. Os governos que ocultam nazistas. Os governos que eliminam adversários políticos. Os governos que encobrem escândalos. E compare-se também essa atitude com a do sr. Arafat, que não ficou satisfeito com os resultados do inquérito. Ele queria um "julgamento internacional". Em outras palavras: queria faturar em cima da amargura dos israelenses e da dor de seu próprio povo.

Eu estava em Israel, em 1970, quando houve um atentado impressionante: um foguete atingiu um ônibus escolar, matando quase duas dezenas de crianças. Uma coisa bárbara, sem nome. Pois bem: ao que eu saiba, nenhuma comissão da OLP investigou o atentado. Ninguém quis apontar o nome dos assassinos. Se é que eram considerados assassinos — pois conhecemos todo o tortuoso raciocínio terrorista segundo o qual uma criança pode ser morta, porque um dia crescerá e se transformará em soldado. Essa lição, pois, o sr. Arafat deveria aprender: se ele quer um Estado para os palestinos — e o direito que tem a postulá-lo é reconhecido por todos quantos têm um mínimo de senso de justiça e de compaixão —, ele deveria aprender a falar como um estadista. Ele deveria escutar a voz dos profetas de Israel.

O judaísmo em Kafka

[08/07/1983]

Aparentemente, nada há de judaico na obra de Franz Kafka. Os personagens não são judeus, não há descrições de costumes judaicos e muito menos expressões em iídiche. Mas isso ocorre porque nada do que é aparente na obra de Kafka tem importância. Ele é um escritor nas entrelinhas, do subjacente, do oculto. E quando se vai às entrelinhas, ao oculto e ao subjacente em Kafka se vê que nele o judaísmo tem uma enorme importância. Kafka provavelmente não teria sido o escritor que foi sem o judaísmo. Porque a condição judaica remete a uma questão fundamental dos tempos modernos: a identidade. E a busca da identidade para Kafka era fundamental. Daí a pungente transcendência de sua obra.

Aparentemente (de novo aparentemente: esta palavra, no contexto kafkiano, tem de ser usada muitas vezes), Kafka não tinha dúvidas quanto a seu judaísmo. Seu sobrenome era tipicamente judaico. Mas o judaísmo em Kafka complicava-se enormemente pelo fato de viver ele entre os tchecos — que sempre tiveram enorme dificuldade com sua identidade nacional — e pelo fato de falar alemão. A família de Kafka pertencia ao judaísmo ocidental, mais afluente, mais culto e refinado, muito diferente do judaísmo oriental, confinado nas minúsculas e miseráveis aldeias da Rússia e Polônia, imersos no místico e lírico mar da tradição. Em duas cartas à sua noiva Milena (com quem aliás rompeu, depois de muita indecisão), refere-se a respeito: "Conhecemos ambos em profusão exemplares típicos de judeus ocidentais; de todos sou, a que eu saiba, o mais típico; quero dizer, exagerando, que não tenho um segundo de paz, que nada me é dado, que tenho de adquirir tudo, não só do presente e do futuro, como ainda do passado — essa coisa que qualquer homem recebe gratuitamente"; e: "Se tivessem me oferecido a possibilidade de ser o que queria, teria escolhido ser um pequeno judeu do Leste...".

Admirava o teatro judeu, ficava feliz por entender o iídiche e via com aprovação o incipiente movimento sionista; mas tudo isso em aparência. Na realidade, a relação de Kafka com o judaísmo era contraditória, ambígua, tão marcada pelo paradoxo quanto sua vida e sua obra. Isso fica patente nas conversações que tinha com Gustav Janouch, um jovem por quem tinha particular afeição, o qual depois reproduziu esses diálogos num livro (*Conversations with Kafka*. Londres, Andre Deutsch, 1971). Mostrando a Janouch a velha sinagoga de Praga, Kafka diz: "É apenas uma anomalia arcaica, um corpo estranho. Assim é tudo que é judaico. Essa é a razão para a hostilidade, para a agressão. O gueto, em minha opinião, foi originalmente um drástico ato de libertação. Os judeus quiseram isolar-se do desconhecimento, diminuir a tensão encerrando-se entre muros".

Esse isolamento, esse distanciamento, a fria calma dele resultante transparecem na obra de Kafka. Sendo judeu, ele é o Estranho, o que vem de Fora; e assim pode lançar seu olhar desapaixonado sobre a realidade e dela captar o que tem de absurdo. E o faz com humor, aquele típico humor judaico, contido, amargo, rangente, tão oculto que a gente fica surpreso ao saber que Kafka ria às gargalhadas quando lia suas próprias obras para os amigos.

Ao fim e ao cabo, contudo, impera a solidão. Kafka é judeu, sim, admite-o; mas não é um membro da comunidade judaica, não frequenta sinagogas, não constitui uma família judaica: "Que tenho em comum com os judeus? Mal tenho alguma coisa em comum comigo mesmo. Deveria ficar contente em meu canto, feliz por poder respirar".

Talvez mal pudesse respirar, como talvez mal pudesse ser judeu. Mas este judeuzinho triste, em sua curta vida, legou uma obra de tal dimensão que ainda hoje o mundo mal a pode abarcar.

Diário de bordo

[19/02/1984]

Estou voltando de uma viagem que me fez mudar de hemisfério, de fuso horário, de clima — passei de um verão tórrido para um gélido inverno —, de idioma, de alimentação. Mas, apesar disso, não tive de mudar de opiniões. Ao contrário, pude confirmar aquilo que pensava sobre muitas coisas. O antigo aforismo segundo o qual as viagens alargam o campo de visão ainda é verdadeiro, mas não muito. Vivemos num mundo em que a informação é instantânea, complexa, acessível. Viajar se transforma assim numa experiência muito mais emocional do que qualquer outra coisa. Tudo que é preciso, pois, é ver se o coração concorda com o que os olhos veem e a cabeça pensa.

Estive em Israel, participando de uma reunião de escritores latino-americanos de ascendência judaica, a convite do Ministério das Relações Exteriores daquele país. Não foi essa a minha primeira visita a Israel. Lá estive em 1970, três anos depois da Guerra dos Seis Dias — e três anos antes da Guerra do Yom

Kippur. Menciono essas datas porque elas são fundamentais na existência do Estado. A primeira delas assinala uma retumbante vitória militar que consolidou a posição de Israel como Estado. Na segunda, iniciou-se um processo de desgaste que persiste até hoje. Não que a existência de Israel se traduza apenas em conflitos; ao contrário, ela é muito mais o resultado do trabalho, do esforço, de uma luta incessante para melhorar o nível de vida da população. Mas é que a guerra representa uma constante para a vida israelense. Uma trágica constante.

Nesses catorze anos, Israel mudou muito. Para início de conversa, cresceu extraordinariamente. A população aumentou, novos núcleos habitacionais surgiram, cidades pequenas transformaram-se em cidades grandes. O kibutz — que é, talvez, a maior contribuição de Israel à sociedade moderna — é uma experiência consolidada, uma célula de trabalho ativa e dinâmica, que tem, inclusive, condições de proporcionar uma vida confortável a seus membros: boas casas, uma série de benefícios de natureza social e cultural. O sistema de bem-estar social em Israel continua funcionando muito bem; a Histadrut, uma espécie de Confederação Geral do Trabalho à qual está vinculada a esmagadora maioria da população, dá a seus associados excelente assistência médica e presta muitos outros serviços. O nível científico, cultural e tecnológico do país é aquilo que se sabe. E Israel — muito importante — é um país democrático, onde todo o mundo pode dizer o que pensa.

Essas são, por assim dizer, as boas notícias. Há o reverso da moeda. O país atravessa uma crise que muitas pessoas com as quais falei não hesitam em rotular como a mais séria de sua história. Uma inflação apenas comparável à brasileira corrói a economia; e nem mesmo a correção trimestral de salários protege os trabalhadores. A dívida externa é enorme, não só por causa das despesas militares, como também por uma excessiva liberalidade nas importações — manobra a que o atual governo recorreu para ganhar as eleições. A complexidade da estrutura social dá origem a conflitos: judeus de origem ocidental brigam com judeus de origem oriental, os religiosos mais extremados tentam impor regras de conduta à população como um todo. Nenhum desses problemas, entretanto, iguala em gravidade a questão da guerra.

A guerra do Líbano é, sem dúvida, a pior das guerras que Israel já enfrentou. A ambição de um caudilho transformou o que deveria ser uma operação policial militar num confronto de enormes proporções e, o que é mais grave, extremamente discutível do ponto de vista moral. Tão discutível que o próprio Sharon tentou, recentemente, tirar o corpo fora, alegando que não se podia considerar responsável pela guerra do Líbano porque não participara da reunião ministerial que discutira o assunto. Begin teve de sair de seu isolamento e dar-lhe um puxão de orelha.

A guerra do Líbano é uma guerra suja, uma guerra desgastante, um tiro pela culatra. Israel, que tem uma população pequena, já perdeu nela mais de quinhentos jovens soldados — enquanto, nos três anos anteriores ao início da guerra, tinham morrido, na fronteira norte, nove pessoas vítimas de atentados terroristas. É um penoso saldo, este.

Claro que a guerra do Líbano não é um fenômeno isolado. É apenas um episódio a mais no conflito do Oriente Médio, um conflito que aparentemente é étnico, cultural, religioso, mas que na realidade resulta do choque de interesses poderosos, da encarniçada luta pelo poder. A questão é saber quem vai mandar em quem — esta que é a questão, como dizia Alice, a do País das Maravilhas. Pessoas de religiões diferentes, de raças diferentes, podem conviver muito bem; mas, se entre grupos raciais ou religiosos se estabelece uma relação de servo-patrão, de dominado--dominador, então a luta é inevitável.

Árabes e judeus podem conviver pacificamente. Nesse sentido, vivi uma experiência extraordinária. Uma noite fui com um jovem professor chamado Rafi Reifen (que acontece ser primo de minha mulher) a uma aldeia árabe em que moravam muitos de seus ex-alunos. Fomos ali recebidos, com o tradicional café e doces, pelo filho do sheikh e seus irmãos. Durante várias horas conversamos (Rafi servindo de intérprete) sobre a situação dos árabes em Israel. Eles não hesitaram em dizer que se sentiam discriminados em muitas coisas; mas também não hesitaram em afirmar que, no kibutz vizinho onde muitas vezes iam trabalhar, eram bem tratados e tinham amigos. Senti — e essa sensação eu a valorizo muito mais que qualquer argumentação — que aquela tinha sido uma conversa franca, séria. Depois, Rafi me contou que tem levado seus alunos à aldeia, para reuniões com os jovens árabes. Numa delas, ele disse aos alunos: Eles (apontando aos árabes) acham que vocês não merecem viver. E aos árabes: Eles (os judeus) não merecem viver. O que vocês acham disso?

Ao choque inicial seguiu-se uma discussão feroz. A conclusão foi óbvia: todo mundo merece viver.

Agora: isso parece um pouco ingênuo, não é? Mas é o único caminho para a paz. Outro não há. Uma guerra puxa a outra, e a guerra definitiva, no Oriente Médio, não aconteceu, e tomara que não aconteça, pois certamente o mundo todo seria arrastado ao conflito. A esperança reside, como sempre, nos homens de boa vontade. Isso já se sabe, no Oriente Médio, há quase 2 mil anos. E é uma lição que, felizmente, agora parece que começa a ser aprendida.

Passado e presente, presente e passado

[29/11/1984]

A proposta é apresentada na ONU e surpreendentemente conta com o apoio da União Soviética e dos Estados Unidos: no território da antiga Palestina serão criados dois Estados, um judeu e um árabe. Os dois povos poderão ali se desenvolver com independência, eliminando os últimos vestígios de colonialismo da região.

Quando é que vai acontecer isso? Na próxima década? No próximo século? Não. Já aconteceu. Há exatamente 37 anos, e na data de hoje. A 29 de novembro de 1947, a Assembleia Geral da ONU, presidida pelo brasileiro Oswaldo Aranha, adotava por maioria uma resolução recomendando a partilha da Palestina, então sob domínio inglês. O resto é História. Em maio do ano seguinte foi proclamado o Estado de Israel. Esse ato foi tomado como declaração de guerra para os países árabes da região, que uniram suas forças para atacar o recém-criado Estado, na primeira de uma série de guerras. Guerras ferozes, trágicas, entremeadas de terrorismo e represálias terríveis: do massacre de Munique a Sabra e Chatila, inocentes foram trucidados num conflito inútil e absurdo. Ao longo desse tempo, o Estado de Israel se consolidou e, ainda que abalado por uma crise econômica (e em certo sentido também moral), é hoje a potência do Oriente Médio. Quanto aos palestinos, expulsos de um país após outro, tornaram-se um povo da Diáspora, que, 37 anos após a partilha, ainda tenta encontrar seu destino.

O Oriente Médio mudou. Israel, que logo após sua criação só podia contar com armas tchecas para defender-se, tornou-se, aos olhos de certa esquerda, o "bastião do imperialismo"; em contrapartida, governos antes considerados resíduos feudais tornaram-se "progressistas". E o fundamentalismo islâmico, com seus sanguinários e anacrônicos rituais — no Irã agora se usa uma máquina para decepar mãos de delinquentes —, estende sua sombra sobre toda a região.

Mas há uma luz no fim do túnel. Os palestinos tentam encontrar um denominador comum com a Jordânia; e, se isso acontecer, poderão discutir com Israel formas de autonomia ou, quem sabe, de independência. A presença dos trabalhistas no governo israelense (apesar dos falcões) promete uma moderação que os fanáticos adeptos do "Grande Israel" não teriam. Israelenses, palestinos e jordanianos são os que realmente têm interesse numa solução; não estão manipulando de longe o conflito, estão jogando suas vidas nele.

Trinta e sete anos depois volta-se à estaca zero. Aqueles que não sabem lembrar o passado estão condenados a repeti-lo, disse o filósofo George Santayana. Em nenhum lugar do mundo essa frase é tão verdadeira como no Oriente Médio.

A Inquisição revisitada

[08/05/1987]

A realização, no final deste mês de maio, de um grande simpósio sobre a Inquisição, em São Paulo, proporcionará uma oportunidade ímpar para a reavaliação de um tenebroso momento da História de Portugal e do Brasil. Tenebroso, e ademais, peculiar: em nenhum outro lugar do mundo cristão a Inquisição teve tanto poder, nem durou tanto, como na península Ibérica. Pode-se dizer, sem sombra de dúvida, que condicionou o destino de Espanha, de Portugal e de suas colônias na América.

Cabe indagar o porquê, já que judeus, protestantes, hereges, havia-os em toda a parte. Por que no mundo hispano-português teve a Inquisição tal virulência, levando à prisão e depois à fogueira milhares de pessoas? Uma coisa pode ser considerada, de antemão, como certa: não se trata de um fenômeno puramente religioso. É axiomático que quando um conflito chega a tais proporções deve-se buscar em outros interesses que não os espirituais as razões que os justificam. No caso da Inquisição ibérica e colonial a resposta para a questão do porquê não parece difícil. Seu alvo principal era o grupo conhecido como cristãos-novos, ou marranos, judeus convertidos à força, e sempre suspeitos das chamadas práticas judaizantes; para persegui-los, o Santo Ofício se organizou como um poder independente, centralizado, estável, como bem o observa António José Saraiva (*Inquisição e cristãos-novos*, Lisboa, Editorial Estampa, 1985). Para Saraiva, a Inquisição não só caçou judeus, mas sobretudo os fabricou. De fato, a revisão dos métodos inquisitoriais demonstra quão frágeis eram as evidências em que se baseava o Tribunal para condenar um suspeito. Bastava uma denúncia anônima, sem qualquer prova, para iniciar o processo. Tamanho zelo, como no caso do lobo e do cordeiro, está a indicar motivos ocultos e importantes. E estes devem ser buscados na estrutura socioeconômica de Portugal e da Espanha, particularmente à época dos grandes descobrimentos marítimos, que coincidiu com a reativação dos tribunais inquisitoriais. Nessa época, diz Saraiva, a coroa portuguesa assumiu a direção de uma enorme empresa mercantil que explorava o comércio dos produtos coloniais. Os frutos desse comércio não foram, porém, utilizados por uma classe burguesa em ascensão, como aconteceu em outros países da Europa, mas serviram como renda predatória para a nobreza tradicional, que dessa forma enriqueceu, não por meio da atividade comercial propriamente dita, mas no exercício de cargos militares e administrativos ou no simples gozo de sinecuras. Desse estamento não fazia parte a burguesia mercantil portuguesa. A rivalidade era inevitável e foi ela que alimentou as fogueiras da Inquisição. Na verdade, "homens da nação" (isto é, judeus ou criptojudeus) e "homens de negócio" eram praticamente sinônimos. Porque o burguês, nota Saraiva, tendia a descrer do Deus medieval, adorado segundo uma fé fatalista e resignada a que a ética protestante (Weber), por exemplo, se opôs vigorosamente. A perseguição à gente da nação servia a um duplo propósito: eliminava um poder capaz de competir com as estruturas feudais e proporcionava à Inquisição, mediante o confisco de bens, um rendimento nada desprezível. É ilustrativa, a esse propósito, a história de Balthasar Lopez, queimado pela Inquisição espanhola em 1654. Quando o sacerdote o exortou a que se alegrasse, já que ia entrar no paraíso de graça, protestou: "De graça? E os 200 mil ducados que me confiscaram?".

A tenaz perseguição à burguesia mercantil acabaria por minar o próprio progresso do país, como notou o padre Antônio Vieira. Segundo Vieira, pelo comércio o Reino tinha prosperado; sem ele, decairia. Impunha-se, portanto, isentar da pena do confisco os mercadores ou gente da nação. E notava: "Há de se advertir a diferença entre o rendimento dos tributos e do comércio: o dos tributos, além de ser violento, necessariamente míngua; o do comércio, a ninguém molesta e sempre vai em aumento". O jesuíta não cometia uma imprudência ao fazer tais afirmações: o papado não via com bons olhos os excessos da Inquisição, desautorizada por, entre outros, Clemente VII.

Apesar disso, a Inquisição teve vida longa. Os cristãos-novos se constituíam em excelente bode expiatório não só para a nobreza, como para o baixo clero, que tinha na perseguição aos suspeitos boa parte de sua ocupação, e também para o populacho em geral, que participava nos autos de fé como quem vai a uma festa. Intelectuais e artistas não escaparam ao suplício, como o demonstrou o caso do famoso teatrólogo Antônio José da Silva, o Judeu, queimado vivo em Lisboa. Também ao Brasil chegou o longo braço da Inquisição; comerciantes de açúcar, a principal riqueza da colônia, e donos de engenhos estavam na sua mira. Tudo isso durou até que o marquês de Pombal, já na segunda metade do século XVIII, declarasse abolida a distinção entre cristãos-novos e cristãos-velhos. Desde então os cristãos-novos desapareceram quase sem deixar rastros; apenas alguns núcleos populacionais, tanto em Portugal como no Brasil, continuam a praticar antigos rituais judaicos, muitas vezes sem saber por quê.

Mas as consequências desse sombrio episódio continuam a reverberar. A perseguição aos cristãos-novos, ou às pessoas acusadas como tal, introduziu um elemento de suspeição, de intriga, de dissimulação, de corrupção, que até hoje persiste na vida social e política do Brasil. É possível que, como sustentam alguns autores, a Inquisição tenha evitado as guerras da religião que ocorreram em outros países; mas, ao fazê-lo, simplesmente mascarou um conflito que permanece latente. É por isso que sua história deve ser evocada; contrariamente ao que muitos pensam, tal história não foi ainda bem contada nem suficientemente analisada. E aqueles que ignoram o passado, como disse o filósofo George Santayana, estão condenados a repetir seus erros.

Quarenta anos depois

[01/05/1988]

Quarenta anos está fazendo o Estado de Israel. Um aniversário altamente simbólico: segundo a Bíblia, quarenta anos é o tempo de uma geração. Foi esse o período que o povo judeu teve de vagar no deserto, antes de poder entrar na Terra Prometida. Isto é: todos os resíduos do passado deveriam ser eliminados.

O quadragésimo aniversário de Israel está sendo não apenas uma ocasião de festejos; Israel tem o que festejar, mas tem também o que meditar. A autoavaliação, o julgamento são cruciais para o judaísmo, cuja data mais significativa — e os egípcios sabiam disso, quando atacaram em 1973 — é o Yom Kippur, um dia destinado ao recolhimento e à autocrítica. Julgar é também um desígnio divino: nas paredes do salão em que o rei Baltazar se banqueteava apareceram letras misteriosas, que Daniel depois interpretou: "foste pesado na balança e encontrado muito leve". É a balança da História que Israel enfrenta, neste seu quadragésimo aniversário.

A capa da *Time* sobre Israel fala em quarenta anos de realizações e quarenta anos de conflitos. É uma postura tradicional da mídia, dentro daquela linha de "por um lado, isto; por outro lado, aquilo". Por um lado, a absorção dos emigrantes, a conquista do deserto, o sistema de bem-estar social, o desenvolvimento tecnológico e cultural, a democracia; por outro lado, a ocupação dos territórios, as aventuras bélicas, o conflito com os palestinos. Mesmo nessa singela e grosseira enumeração é fácil ver que prós ultrapassaram em muito os contras.

Na balança evocada no Livro de Daniel, Israel jamais seria, como o rei Baltazar, encontrado em falta. Erros foram cometidos, nestes quarenta anos, erros graves até; frutos do fanatismo, da ambição, da ânsia de poder. Mas são os inevitáveis tropeços no caminho do amadurecimento.

No plano individual, quarenta anos correspondem à Idade da Razão, à fase da vida em que, deixadas de lado as ilusões da juventude, deve o ser humano viver com equilíbrio e sabedoria.

A vida de um país não se mede pelos mesmos parâmetros da existência individual, evidentemente. Mas a analogia é irresistível. O vigésimo aniversário do Estado foi marcado pela euforia pós-67: o pequeno Davi vencerá o Golias, ninguém podia segurar Israel. "Estamos esperando que o telefone toque, e que eles peçam a paz" — anunciava um otimista Dayan. O telefone não tocou, ainda que Sadat tenha viajado a Jerusalém; um gesto ousado que lhe custou a vida. Três anos depois os israelenses estavam no atoleiro de Beirute.

As guerras de Israel envolvem uma trajetória. Se descontarmos a Guerra da Independência e a Campanha do Sinai, de 1956 (uma aventura que desafortunadamente aliou o Estado aos últimos estertores colonialistas da França e da Inglaterra), o que vemos? De 1967 até agora os conflitos se tornaram mais prolongados, mais dolorosos e mais questionáveis perante o mundo. Ao mesmo tempo, eles envolvem cada vez mais o corpo a corpo, o contato cada vez mais próximo com o inimigo. O correspondente do *New York Times* observou que os distúrbios nos territórios equivaliam àquelas antigas guerras entre pastores: paus, pedras e muito ódio. E é nesse ódio que reside, justamente, uma tênue esperança. Pois o ódio, como observou Thoreau, não é o contrário do amor; o contrário do amor é a indiferença. Onde existe ódio, onde existe emoção, é possível estabelecer vínculos entre as pessoas. Os israelenses estão hoje profundamente inseridos no Oriente Médio; que é, afinal, o lugar onde eles moram (e não Nova York ou a Califórnia). Eles fazem parte da paisagem humana da região, e tornaram inútil o sonho terrorista de "jogar os judeus ao mar".

Quarenta anos depois de sua criação, o Estado de Israel chega ao momento de sua maturidade, vale dizer, ao momento de sua verdade. Compete a seu povo decidir se quer viver dentro de uma visão tipo Grande Israel — ou seja, a visão de um passado arcaico e congelado — ou se opta, como os profetas bíblicos, em lançar seu olhar para o futuro, um futuro que implica cada vez mais o reconhecimento dos direitos humanos de todo e qualquer grupo étnico ou social.

A arte da barganha

[21/01/1989]

No mercado de Jerusalém comprar é assim: você pega um objeto, pergunta o preço. O vendedor diz. Você se ofende, grita que é um roubo, dá as costas, vai embora. O vendedor vem atrás, diz que você é um tolo, que em lugar nenhum do mundo encontrará coisas tão baratas. Você faz uma contraoferta. Ele grita que você quer arruiná-lo. Você faz menção de se afastar. Ele segura você pelo braço...

É um jeito de negociar. O vendedor ficaria frustrado, e cheio de suspeitas, se você pagasse sem questionar. A barganha faz parte do Oriente Médio, inclusive em política. Vejam: em novembro de 1947 a ONU adotou uma resolução pela qual o território da antiga Palestina, então sob mandato britânico, seria dividido em dois Estados, um árabe e outro judeu. Os governos árabes, à ocasião, não aceitaram essa situação, atacaram o Estado de Israel e foram derrotados. Criou-se uma enorme massa de refugiados, a partir da qual originou-se a guerrilha e a OLP, que prometeu "varrer os israelenses para o mar". O que nunca con-

seguiu: a Guerra dos Seis Dias consolidou a posição israelense —
mas criou, em troca, o problema dos territórios ocupados.

E a guerra de palavras continua. Arafat jura que vai terminar
com Israel, e não deixa por menos. Depois reconhece que não é
bem assim, e que está na hora de acabar com o terrorismo. Shamir diz que não quer saber de conferência internacional de paz;
depois diz que pensando bem, até que aceitaria uma reunião
patrocinada pela ONU. Encontros entre israelenses e OLP têm se
sucedido. Os dois negam. Daqui a pouco vão admiti-los.

Aos poucos, a paz está vindo. É claro que negociar no mercado é outra coisa: não há vidas em jogo, as duas partes se divertem. Na questão dos territórios e dos refugiados, muito sangue
tem corrido. Esse inútil sacrifício poderia ser evitado com o uso
de algum grau de racionalidade. Só que aí não estaríamos falando de Oriente Médio.

Loucura e método

[23/05/1990]

Em Israel, um jovem de 21 anos pegou um fuzil M-16, saiu à rua, matou oito trabalhadores palestinos e feriu outros tantos. Não chega a ser um acontecimento inusitado em nossos tempos violentos; lembra muito os massacres ocorridos nos Estados Unidos: um louco invadindo uma lanchonete ou um colégio e liquidando dezenas de pessoas. Mas loucura não esgota a questão. É um diagnóstico, necessário até, mas não suficiente. "É loucura, mas há método nela" (*"Though this be madness, yet there is method in it."* Shakespeare, *Hamlet*). E, quando há método, deve-se perguntar: até que ponto o insano é um caso isolado? Até que ponto não está ele captando os invisíveis fluxos de demência presentes em uma cultura, em uma região?

O Oriente Médio não é exatamente um lugar de concórdia e bom senso. O conflito libanês, a guerra Irã-Iraque demonstram-o sobejamente. Durante muito tempo pensou-se que o Estado de Israel, criado pelo referendo da ONU a uma legítima e histórica aspiração do povo judeu, introduziria na região os valores da democracia e dos direitos humanos. Tal não aconteceu. A princípio, porque o pequeno país foi agredido de fora, por seus vizinhos; depois, porque começou a ser agredido desde dentro. E isso não se refere só ao terrorismo, com sua repugnante predileção por vítimas indefesas; refere-se também às forças obscurantistas dentro da própria sociedade israelense e de seu governo: os fundamentalistas, os nacionalistas fanáticos com sua ideia do "Grande Israel", e por último, mas não menos importante, aqueles que lucram com a disponibilidade de uma mão de obra barata e submissa. Ajudados por um inadequado sistema eleitoral que dá excessiva força a grupúsculos políticos, eles têm conseguido afastar do processo decisório as forças da moderação, hoje concentradas no Partido Trabalhista e nos grupos pacifistas, que aliás manifestaram seu repúdio contra o massacre. Com o quê, cresce a impaciência de tradicionais aliados, inclusive e principalmente os Estados Unidos, cuja comunidade judaica apresenta-se hoje cindida em relação à postura do governo israelense. "Olhei o inimigo e ele era eu." As palavras do antigo texto oriental descrevem essa trágica situação. Uma solução pacífica para o problema palestino, com fronteiras reconhecidas e seguras para Israel é mais necessária que nunca, sobretudo para a preservação dos valores a partir dos quais foi gerado o Estado. Caso contrário, a loucura não apenas prevalecerá sobre o método. A loucura será o método.

Do Éden ao divã: o humor judaico

[02/09/1990]

Todas as culturas fazem uso do humor, em maior ou menor grau. O judaísmo também. Com uma particularidade: para os judeus o humor é mais que um jeito de narrar histórias; é uma forma de vida. De sobrevivência, até: na longa história judaica, marcada pelo exílio, pelas perseguições, pelo massacre, o humor é uma defesa, por vezes a única, contra o desespero. Por isso é um humor amargo, melancólico, um humor de sorriso e não de gargalhada. Um humor filosófico, que faz pensar.

E que, por ser histórico, tem origens muito remotas. Talvez até na Bíblia. Em nenhuma outra religião a divindade tem uma relação tão irônica com seu povo escolhido ("E Ele não podia ter escolhido outro povo?"). O que Deus faz com Jonas é gozação: manda o profeta para cá e para lá, faz com que ele seja engolido por um peixe, que anuncie catástrofes que não se realizam... Um vexame, enfim. E a ironia que muitas vezes se nota na pregação de Jesus é, sem dúvida, judaica: "É mais fácil um camelo passar no fundo de uma agulha que um rico entrar no céu". Pelo menos uma vez pobres da Judeia puderam sorrir.

Quando começa a dispersão, a liderança judaica passa a ser exercida pelos rabinos — e também estes recorrem ao humor em suas lições. O Senado romano planejou adotar uma lei que proibia aos judeus a observância do sábado e a prática da circuncisão. Rabi Reuben decidiu enganar os opressores. Disfarçando-se de romano, compareceu ao Senado e disse: "Detestais os judeus; no entanto, os ajudareis a enriquecer se os fizerdes trabalhar sete dias ao invés de seis". O Senado revogou a primeira parte da proibição. Rabi Reuben continuou: "Se os judeus são detestáveis, quanto menos sobrar deles melhor". O Senado decidiu manter a circuncisão.

Os ensinamentos dos rabinos estão condensados no Talmude, a soma dos comentários à Torá. Por que, pergunta o Talmude, é mais fácil aplacar o homem que a mulher? E responde: Porque o primeiro homem foi criado do barro, que é mole, ao passo que a mulher foi tirada do osso, que é duro.

Dispersos pelo Império Romano, os judeus concentraram-se primeiro na península Ibérica, onde, durante a Idade Média, viveram um período de esplendor. Com a expulsão, dirigiram-se para o Leste e acabaram por se concentrar na Europa Oriental, nas regiões dominadas pelo Império Russo. Ali — e exatamente por causa das perseguições — o humor atingiu seu auge. Vivendo em humildes aldeias, praticamente isolados do mundo, os judeus desenvolveram um folclore próprio, ao qual não faltavam tipos característicos. Como o do casamenteiro, por exemplo. Numa dessas histórias ele dá a um rapaz conselhos sobre como abordar uma moça: deve-se falar de três assuntos, família, cozinha e filosofia. O rapaz dirige-se a uma moça e aborda o assunto família: "Como vai seu irmão?". Não tenho irmão, é a ríspida resposta. Desconcertado, o jovem aborda o tema cozinha: "Você gosta de peixe assado?". Não gosto, diz a moça, que decididamente não quer papo. O rapaz, desesperado, recorre à filosofia:

— E se você tivesse um irmão, será que ele gostaria de peixe assado?

No final do século XIX a situação da Europa Oriental começou a se tornar intolerável para os judeus. Para enfrentar as convulsões que agitavam o Império tsarista, e que culminariam com a Revolução de 1917, os governantes canalizavam a fúria popular contra minorias vulneráveis — os judeus, principalmente. Milhões deles abandonaram suas casas, em busca de uma nova vida na América. Nos Estados Unidos (e principalmente em Nova York) formou-se uma grande comunidade — que não abandonou o humor que herdara de seus antepassados. Como diz o Luis Fernando Verissimo: "Nos Estados Unidos, de cada dez humoristas, nove são judeus e um não é muito bom". Judeus são, entre outros: Woody Allen, Mel Brooks, Jules Feiffer, Goldie Hawn, Jerry Lewis, os irmãos Marx... Eles acrescentaram suas histórias ao folclore judeu americano que não fala mais tanto em pobreza (afinal, trata-se do país mais rico do mundo) mas em psicanálise, mães judias e restaurantes. Nestes, o personagem característico é um arrogante garçom:

— Garçom, esta galinha assada não tem uma perna...

— O amigo vai comer a galinha ou dançar com ela?

Quanto à mãe judia, está sempre se gabando de seu rebento. Três delas estão na praia em Miami. Meu filho, diz a primeira, me trouxe até aqui, me alojou no melhor hotel e pôs um carro à minha disposição. Pois o meu filho, diz a segunda, me comprou um apartamento de cobertura e me deu um iate. Já meu filho, afirma a terceira, vai quatro vezes por semana ao psicanalista, paga cem dólares de cada vez e sabem do que ele fala?

— De mim! — conclui triunfante.

Nenhuma mulher resiste à comparação com uma mãe dessas. Woody Allen: "Minha mulher era muito imatura. Sempre que eu estava na banheira, ela vinha e afundava meus barquinhos".

As preocupações de Allen se dirigem não apenas à mãe e ao psicanalista, mas também ao absurdo da existência. "Não só não existe Deus — como tente achar um encanador no fim de semana." Que revertem ao texto bíblico: "Sim, como diz a profecia de Isaías, o leão e o cordeiro deitarão juntos, mas duvido que o cordeiro consiga dormir". Saul Steinberg já desistiu: "Penso, logo Descartes existe". Ao sentimento de culpa devo minha felicidade, diz a mãe judia de Jules Feiffer. Ao sofrimento deve o judaísmo seu humor. Em ambos os casos existe uma lição de vida. Cômica, absurda, mas mesmo assim reconfortante. Passei quatro anos pesquisando material para a antologia de humor que tem o mesmo título desta matéria. Foi uma das experiências literárias e emocionais mais intensas que já tive. E espero que seja pelo menos uma modesta amostra desse gigantesco acervo da humanidade.

Um passo para a paz

[18/12/1991]

A Assembleia Geral da ONU corrigiu um erro grosseiro ao revogar o seu voto antissionista. Sionismo nunca foi uma forma de racismo. O movimento sionista, que adquiriu sua forma política no fim do século XIX, era apenas o equivalente judaico dos vários nacionalismos que então surgiam; mais que isso, e graças aos ativistas judeus da Europa Oriental que fundaram os primeiros kibutzim (algo muito diferente das atuais colônias de fundamentalistas), tinha nítida conotação socialista e, ao final da Segunda Guerra, anticolonialista. O término do conflito mundial foi uma oportunidade para rever injustiças históricas. Das ruínas do Império Britânico nasceram numerosos países; a partilha da Palestina controlada pelos ingleses deveria gerar dois Estados, um árabe, outro judeu. Muitas vidas teriam sido poupadas se tal tivesse acontecido. Mas o Estado de Israel foi constantemente atacado; e, da estratégia de propaganda contra ele dirigida, nasceu o voto antissionista. A palavra "racismo", que foi o núcleo desse voto, é na verdade preconceituosa. E absurda, porque se se pode falar na "raça" no Oriente Médio, ela certamente abrange todos os semitas. Mas "raça" é um conceito arcaico, perigoso, e só emergiu porque na aprovação do voto antissionista a lógica foi pisoteada, como aliás acontece na confusão semântica, e política, que se faz nessa questão. Nem todos os judeus são sionistas, nem todos os sionistas são israelenses, nem todos os israelenses apoiam o atual governo, nascido de um complexo jogo eleitoral. Enquanto 78% dos israelenses apoiavam a conferência da paz, Shamir foi a ela com muita relutância à fórmula território por paz, Shamir diz que não entrega uma pedra sequer.

É claro que a reversão do voto faz parte do xadrez político atualmente em curso nas negociações de Washington. O governo norte-americano pretende, com isso, induzir o governo israelense a concessões. Nesse caso, porém, a jogada tem um fundamento moral, e este é o seguinte: para haver paz na região, tem de haver um mútuo reconhecimento da identidade, da dignidade e da autonomia por parte dos países e grupos envolvidos, os palestinos inclusive. Nesse sentido, a decisão da ONU foi um passo para a paz, um a mais nessa trajetória que parece se desenrolar à beira do precipício.

Harpas e bombas

[15/03/1992]

Caminhando pelos acarpetados corredores do Hotel Moriá em Jerusalém, uma noite, ouço de súbito o som de harpas tocando. Será que morri e estou no céu? Pouco provável, por várias razões. Será que são ecos de melodias celestiais, audíveis somente nesta que é uma cidade sagrada para grandes religiões? Não, não é nada disso; acontece que Jerusalém está servindo de sede para o Concurso Internacional de Harpa, cujos participantes, hospedados no Moriá, ensaiam diligentemente para os concertos (a um dos quais o jornalista Marcelo Rech e eu depois assistiríamos).

Na tarde do dia seguinte vou à rodoviária tomar um ônibus para Tel Aviv, onde me esperam para uma palestra. De repente surgem viaturas policiais de todo o lado: dos alto-falantes vem a ordem para deixar o recinto. Há uma mochila abandonada sobre um banco. Pode ser uma bomba.

Harpas e bombas: um paradoxo que, de certa forma, caracteriza a vida em Israel. Uma vida que nada tem de monótona.

Esse é um país em que estão sempre acontecendo coisas, numa atividade que chega às raias do paroxismo (e que se manifesta também no esforço tenaz para superar dificuldades: apesar de todos os problemas, o ritmo de crescimento econômico é ascensional). A tensão é constante; onde quer que esteja, o israelense ouve o noticiário transmitido de hora em hora. Nas duas semanas em que lá estive acompanhei uma das cíclicas escaladas de violência da região, e ainda os debates sobre as negociações de paz, o problema das inundações (até no deserto nevou) e a discussão sobre russos.

Há russos por toda parte. Trezentos e sessenta mil chegaram ao país nos últimos tempos, quase 10% da população — é como se o Brasil recebesse de repente 15 milhões de pessoas. Como alojá-los, alimentá-los? Como dar emprego a essas pessoas? Suas qualificações profissionais parecem muito boas — há músicos, há profissionais liberais, mas músicos (harpistas e outros) e profissionais liberais é o que não faltam em Israel. De modo que os recém-chegados trabalham no que dá, não no que querem. Contam-me do ocorrido em uma determinada repartição: um homem caiu e parecia ter fraturado um braço. Todos discutiam o que fazer, até que a senhora que varria a sala sugeriu algumas medidas. Em meio ao espanto geral alguém perguntou o que entendia ela do assunto. Sou médica, foi a resposta.

Uma questão leva a outra. O problema dos emigrantes russos evoca o debate sobre o empréstimo de 10 bilhões de dólares — que o governo americano precisa avaliar, para que os juros não sejam estratosféricos — e este, por sua vez, está amarrado aos assentamentos nos territórios ocupados. Os debates para as eleições de junho já estão girando em torno a isso. O Likud, partido do primeiro-ministro Shamir, está adotando uma retórica que curiosamente lembra a esquerda latino-americana dos anos 1950, aquela do *"Yankee, go home"*, o que constrange e enfurece boa parte da comunidade judaica norte-americana, que tradicionalmente apoia Israel. Os trabalhistas têm agora uma chance de formar um governo: a substituição de Shimon Peres, que tem a aura de perdedor, por Rabin, o estrategista da Guerra dos Seis Dias, foi uma medida hábil e pode contrabalançar a clássica coligação entre direitistas e fundamentalistas. O que aumenta a expectativa de paz.

Também aumenta a expectativa de paz o surgimento de novas lideranças palestinas, mais pragmáticas e dispostas a aceitar a irrecusável existência de Israel como base de negociações. Os sinais ainda são muito modestos, mas animadores. A Comunidade Econômica Europeia ofereceu um auxílio financeiro aos palestinos, com a condição de ter um representante diplomático junto a estes. O auxílio foi aceito, e o governo de Israel, quietamente, concordou com a presença do enviado. Isso é um exercício da autonomia palestina, que é a palavra-chave do momento. São duas tendências contraditórias: de um lado, a racionalidade, a negociação; de outro lado, o fundamentalismo e o terror. Resta saber o que vai predominar, se as harpas ou as bombas.

Enfim a pomba da paz voa sobre terras bíblicas

[12/09/1993]

Enquanto escrevo estas linhas, Shimon Peres está na televisão falando sobre o histórico acordo entre Israel e a Organização para a Libertação da Palestina (OLP) — o que me remete instantaneamente para outra cena, esta ocorrida há alguns anos. Eu fazia parte de um grupo de escritores que visitava Israel; no programa, um almoço com Peres, então líder da oposição trabalhista. Perguntei por que seu partido havia perdido as eleições. Pensou um pouco antes de responder: "Porque nos acomodamos. Renunciamos às nossas ideias".

Em retrospecto, creio que essa atitude de humildade já era parte do processo que conduziria a este histórico momento, e para o qual os Estados Unidos, onde me encontro, serão cenário especial. Não que os norte-americanos tenham desempenhado um papel importante nas atuais negociações. Ao contrário. Tudo começou por acaso, de forma que mais parece um enredo de filme.

Os personagens — Neste enredo, assume papel destacado o norueguês Terje Rød Larsen, presidente de uma quase inexpressiva organização de estudos internacionais, que realizava pesquisa sobre as condições de vida nos territórios sob ocupação israelense. Larsen resolveu oferecer seus serviços de mediador a Yossi Beilin, alto funcionário do Ministério das Relações Exteriores. Beilin viu aí uma oportunidade que não poderia ser desperdiçada, mas encarregou dos contatos Yair Hirschfeld, professor de história (que assim teve oportunidade de fazer História). Do lado palestino, a figura importante foi Ahmed Suleiman Khoury, ou Abu Ala'a, um duro mas hábil negociador, homem de confiança do titular da OLP, Yasser Arafat.

Cartas sob a mesa — As negociações foram longas e complexas — mas enfim as duas partes estavam falando; seguiam o conselho dado há várias décadas pelo filósofo Martin Buber, para quem árabes e judeus deveriam exercer a arte da barganha, tão desenvolvida numa região do mundo que representa uma encruzilhada histórica e onde a habilidade tornou-se fator de sobrevivência. Os dois lados contentaram-se com o que é mais uma declaração de intenções, mas que se traduz numa grande vitória sobretudo para Yasser Arafat, cuja liderança estava cada vez mais comprometida pela emergência do fundamentalismo islâmico.

Israel foi pressionado pelos Estados Unidos, mas independente de todos esses condicionamentos o fator humano foi decisivo. Rabin definiu bem a situação quando disse: "É com os inimigos que se faz a paz, não com os amigos".

Gritos e sussurros — Há muita gente contra o acordo. Entre os palestinos, são os radicais do Hamas; em Israel, a oposição do Likud. Os exuberantes Benjamin Netanyahu, líder do partido com ambições de primeiro-ministro, e Ariel Sharon, que ainda goza de algum prestígio, não hesitaram em acusar Rabin de traição.

Críticas podem ser feitas ao acordo, mas há uma pergunta que os críticos evitam: qual seria a alternativa? Ao longo de várias décadas, os palestinos foram afirmando sua identidade grupal, e

74

a ela não renunciarão. De outra parte, os governos árabes se convenceram da inutilidade de sua retórica: já não é mais possível "atirar os judeus ao mar".

No meio do bando de corvos que grasnam impropérios, a pombinha branca da paz inicia enfim seu voo sobre as terras bíblicas. Que vá longe, e que não desapareça. Um desejo que aliás já estava expresso na milenar profecia de Isaías: "As espadas serão transformadas em arados, e o leão deitará com o cordeiro". Ao que Woody Allen costumava ponderar, com judaico humor: é, mas duvido que o cordeiro consiga conciliar o sono. Não é preciso. Não é dormindo que se faz a paz.

O escorpião e o besouro

[03/05/1994]

A rigor, são bem pequenas as chances de paz no Oriente Médio. Não apenas aquele é um cenário historicamente marcado pelo conflito, uma encruzilhada sangrenta do mundo, como é também o lugar em que os contrastes da chamada modernidade se apresentam de forma dramática, resultando numa pequena casta privilegiada em meio a uma imensa miséria. A mais recente reação contra o moderno assume lá a forma do fundamentalismo, que, de um lado, dá às massas empobrecidas um sistema de crenças e de proteção social e, de outro, canaliza as frustrações contra os infiéis. Quando se fala em fundamentalistas, não se trata só de muçulmanos; como mostra o caso Baruch Goldstein, o judaísmo não está livre de fanáticos. A margem de racionalidade na qual podem trabalhar os promotores da paz é muito estreita. Sabem disso aqueles que estão se preparando para um dia exclamar "eu não disse"?

Uma fábula recontada por Isaac Deutscher ilustra bem essa situação. Um escorpião estava às margens do Jordão sem saber como passar para o outro lado (por hipótese, não existia a ponte

Allenby). De repente avistou um sapo e pediu-lhe que o transportasse. O batráquio recusou: temia ser picado pelo perigoso carona. O escorpião ponderou que isso seria um ato suicida: se o sapo morresse durante a travessia, ele morreria também, pois não saberia nadar. O sapo achou razoável. No meio do rio, porém, o escorpião picou-o. Morrendo, ele perguntou: "Qual é a lógica?". "Não há lógica nenhuma", respondeu o escorpião, "eu sou um escorpião do Oriente Médio."

O antídoto à irracionalidade do escorpião é a figura do besouro. Segundo as leis da aerodinâmica, este é um inseto que não poderia voar: tem um corpo muito grande e as asas muito fracas. Só que o besouro não sabe disso e voa. Voa desajeitadamente, mas voa.

O processo de paz no Oriente Médio, que amanhã terá prosseguimento com a assinatura do acordo conferindo autonomia aos palestinos na faixa de Gaza e em Jericó, está ainda numa fase muito incipiente. É terreno minado: Anwar Sadat, que em 1977 ousou estabelecer um acordo de paz com Israel, pagou com a vida a sua coragem. E desde a recente aproximação entre israelenses e palestinos, dezenas já morreram em atentados. No surrealista Oriente Médio, a paz depende de uns poucos e teimosos besouros que, apesar da ameaça do enxame dos alucinados escorpiões, insistem em alçar voo. É um voo lento e desajeitado, mas, enquanto o besouro não cair, teremos esperanças.

Tirando os esqueletos do armário

[25/07/1995]

O professor Jeffrey Lesser é norte-americano, mas pouca gente conhece a história da emigração judaica no Brasil como ele. Tem estudado exaustivamente o assunto. Que aliás merece: trata-se de um dos capítulos mais interessantes não só da história judaica, como da história brasileira. Em uma promoção do Instituto Cultural Judaico Marc Chagall e da editora Imago, Lesser lança hoje, às 19h no Teatro Renascença, o livro *O Brasil e a questão judaica*. Antes dos autógrafos, fará uma conferência sobre o tema. A presença judaica no Brasil teve início logo após a descoberta. Perseguidos pela Inquisição em Portugal, os marranos, judeus convertidos à força, viram no novo país a oportunidade de uma vida nova, quem sabe com mais liberdade. Um consórcio de cristãos-novos, presidido por Fernão de Noronha, foi dos primeiros a arrendar terras na colônia. Judeus estavam entre os primeiros donos de engenho, os primeiros médicos, os primeiros intelectuais. O primeiro poeta brasileiro, Bento Teixeira, era marrano, como o seria o primeiro dramaturgo, António José, o Judeu. Quaisquer esperanças que pudessem ter os judeus em relação à sua existência comunitária no Brasil desfizeram-se com a chegada do Santo Ofício, no final do século XVI. Começaram então as perseguições, as prisões e as execuções. O marquês de Pombal, administrador modernizante e autoritário, declarou iguais perante a lei cristãos-novos e cristãos-velhos. Em consequência, os judeus desapareceram do cenário brasileiro. No final do século XIX e começo do século XX, os países latino-americanos começaram a atrair emigrantes, incluindo judeus da Europa Oriental. Essa política de "braços abertos" cessou, contudo, quando o nazismo assumiu o poder e os emigrantes se transformaram em refugiados. Ninguém os queria, como mostra a trágica saga do *Saint Louis*, um navio que vagou de porto em porto na América Latina, sem que ninguém quisesse receber os infelizes passageiros. No Brasil, era a época do governo Vargas, um período em que o nacionalismo e a xenofobia frequentemente se confundiam com antissemitismo. Foi a época do imaginário Plano Cohen, um esquema de subversão inventado pelos órgãos de segurança, e a época em que Olga Benário era deportada para morrer num campo de concentração. Não faltavam no governo figuras antissemitas, como o chefe de polícia Filinto Müller, o ministro da Justiça Francisco Campos e o embaixador em Berlim Cyro de Freitas-Valle. Apoiavam-se na famosa circular secreta 1127, do Ministério das Relações Exteriores, que proibia a entrada de judeus. Getúlio Vargas e seu ministro do Exterior, Oswaldo Aranha, viam-se diante de um dilema. De um lado, eram pressionados pelos elementos antijudaicos; de outro lado, queriam estar em boas relações com os Estados Unidos, que emergiam como a grande potência deste século, e que insistiam na admissão dos refugiados (embora suas portas estivessem fechadas). Lesser deixa claro que Oswaldo Aranha não era antissemita (mais tarde ele presidiria a Assembleia Geral da ONU que criou o Estado de Israel) e que Vargas fazia questão de manter uma imagem de humanitário. O resultado desse dilema foi uma solução bem ao gosto do jeitinho brasileiro: a circular continuou existindo, mas muitos judeus entraram no país. Dependia do caso. A questão judaica no Brasil, conclui Lesser no final de seu brilhante livro, é uma soma de contradições — graças às quais vidas foram salvas. Benditas contradições.

É o ano da paz?

[25/09/1995]

Em seu início a Bíblia mostra que os hebreus partilhavam com outros povos da antiguidade uma série de relatos míticos: a criação do mundo, o surgimento do primeiro ser humano, o dilúvio universal. Depois, a narrativa se acelera e passa a descrever a evolução de um povo em busca de seu destino. O mito dá lugar à História. Da História o judaísmo é um guardião. Daí a valorização que confere ao Ano-Novo. Não se trata apenas de celebração. O primeiro dia do ano dá início a um processo de meditação e avaliação que terminará com o Yom Kippur, o Dia do Julgamento. A ética judaica confere ao tempo o papel de grande juiz; vê na História o antídoto contra o mito, a raiz do fanatismo pelo qual os judeus pagaram um preço tão alto. É muito significativo, portanto, que o novo tratado de paz do Oriente Médio, ampliando a autonomia palestina na Cisjordânia, tenha sido assinado às vésperas mesmo do Ano-Novo judaico. Não se trata, é bom dizer logo, de um presente de festas. Um tratado de paz não é a paz, sobretudo numa região do mundo em que documentos deste tipo têm valor dúbio, para dizer o mínimo. Ao contrário: é bem possível que os opositores da negociação, em ambos os lados, desencadeiem uma nova escalada de terrorismo. Os choferes de ônibus das cidades israelenses, alvos recentes, terão de redobrar os seus cuidados. Mas o tratado mostra, sim, que a História está avançando. Mudam as características do conflito: já não se trata de árabes versus israelenses. A briga no Oriente Médio hoje se trava entre fundamentalistas e modernizadores (qualquer que seja o sentido que se dê ao termo "modernização"). É muito significativo que o status da cidade de Hebron, um dos grandes obstáculos para a negociação, tenha sido equacionado. Hebron é uma cidade de lugares sagrados para o judaísmo. Aliás, o problema da região é justamente este, a quantidade de lugares sagrados. Quando a posse de tais lugares gera o derramamento de sangue, estamos diante de uma situação que religião nenhuma aprovaria, mas que faz parte do obscuro território das emoções primitivas. Os lugares são importantes, mas as pessoas não são menos importantes, concluíram os negociadores. Eles sabem que a discussão de Hebron é fichinha, comparada com a que se travará em relação a Jerusalém, que aliás está completando 3 mil anos sem conhecer paz duradoura. E ainda há a polêmica sobre o Estado palestino. Mas Rabin mostrou como é conduzido o complicado processo ao dizer: "Hoje, sou contra o Estado palestino. Amanhã, veremos". Ou seja: uma coisa de cada vez e nenhuma regra fixa. Falando em ônibus, lembro um incidente que presenciei em Tel Aviv, às vésperas do Ano-Novo. Embarquei num coletivo intermunicipal, cheio de gente que ia passar o feriado em casa. O chofer já dava a partida quando se ouviu um grito: um homem apontava algo no chão. Era um tubo de metal. Pequeno, mas naquela época, como hoje, os atentados terroristas eram uma ameaça constante. De imediato gerou-se uma discussão, o que me pareceu meio estranho — se se tratava de uma bomba, o melhor era descer do veículo. Mas, no Oriente Médio, o bate-boca tem precedência. A gritaria acabou acordando uma velhinha que dormia no último banco. Aproximando-se, ela olhou o objeto e exclamou, muito contente: "Meu batom! E eu pensei que o tinha perdido!". Escusado dizer que todos ali se solidarizaram com a alegria dela. Afinal, a senhora tinha direito de entrar no ano novo bonita, contente — e em paz.

A crescente maré do fanatismo

[06/11/1995]

O século xx viu o surgimento de todas as espécies de totalitarismo, o nazismo, o stalinismo, as ditaduras militares. Nenhum desses terrores sobreviveu, mas quando parecia que chegaríamos ao terceiro milênio num radioso clima de tolerância democrática, emerge a ameaça fundamentalista. Diferente dos governos totalitários, o fundamentalismo é difuso, pervasivo, assume diferentes formas: às vezes se trata de fanatismo religioso, às vezes de ódio étnico. Mas há um nexo comum envolvendo essas manifestações de fúria. Muitos elos ligam os aiatolás que condenaram Salman Rushdie ao pastor que chutou a santa e ao assassino de Rabin. Em todos os casos é a visão de um inimigo satânico, que só pode ser eliminado com a violência. E em todos os casos se trata de obedecer a um irresistível mandato que vem do passado, um passado que é preciso cultuar mesmo à custa de vidas: este lugar é sagrado, nós o preservaremos, ainda que matando. Eu quisera que não tivéssemos tanto passado, disse há algumas semanas o poeta israelense Yehuda Amichai: "Polui o ar. É muito sangue seco". E aí está precisamente a diferença entre história e mito. A história, que, ao contrário do que pensa Francis Fukuyama, não acabou, é dinâmica e exige constante adaptação, uma adaptação da qual Rabin e Arafat foram capazes. O mito, ao contrário, domina a mente dos fanáticos, obriga-os a agir como se o tempo não passasse. O terrorista religioso caracteristicamente acredita que mesmo morrendo será recompensado com o paraíso mítico que existiu no começo dos tempos e continua existindo, mas só para os puros. A morte de Rabin também evidencia como é estreita a margem de racionalidade na qual se movem os homens e as mulheres de boa vontade. É um milagre que o processo de paz no Oriente Médio tenha avançado, apesar de toda a tenaz e furiosa oposição — ao contrário das marchas e contramarchas da guerra na ex-Iugoslávia. É significativo que o crime tenha ocorrido pouco depois da conferência de cúpula na região, que estudou meios de desenvolver países onde a pobreza por vezes atinge níveis desesperadores. Mas o assassinato de Rabin mostra que, apesar de tudo, é preciso prosseguir no caminho da paz. Como seres humanos, não temos outra alternativa a não ser assumir a nossa racionalidade.

O difícil jogo do Oriente Médio

[14/02/1996]

Shimon Peres não seria o hábil político que é se deixasse de dar o passo anunciado em grandes manchetes pela imprensa israelense neste começo de semana: convocou eleições gerais para o fim de maio ou começo de junho. E o que espera com isso? Espera uma vitória consagradora, claro.

Não se trata de uma esperança infundada, como o próprio Peres destacou em seu pronunciamento. Há muitos anos Israel não vive um período tão bom. A prosperidade, resultante de uma economia baseada em alta tecnologia, é visível: constrói-se por toda parte, as ruas estão cheias de automóveis (que buzinam sem cessar: é bem conhecida a impaciência dos motoristas israelenses), o comércio prospera. Israel conseguiu o milagre de absorver a maciça (mais de 400 mil pessoas) imigração russa e até etíopes, que ultimamente andaram protestando porque não são aceitos como doadores de sangue — o medo da aids é ubíquo —, parecem bem adaptados: vi vários rezando no Muro das Lamentações. Apesar das ameaças fundamentalistas do Hamas, o terror diminuiu; já não se veem tantos soldados nas ruas como de hábito. Arafat está mais ocupado em tentar organizar um governo do que hostilizar Israel, e a Síria continua, com muita cautela e reticência, conversando. Jerusalém será um problema enorme, mas esse problema ainda pertence ao futuro e o futuro, por sua vez, pertence a Deus, uma figura muito invocada por aqui.

Obviamente Peres não mencionou o principal motivo de sua iniciativa. A morte de Rabin colocou a oposição direitista na defensiva. A hostilidade do Likud e dos extremistas religiosos ao falecido primeiro-ministro era por mais evidente e eles não se livrarão facilmente de acusações explícitas ou veladas. Morto, Rabin emerge como um mártir — e como um antecipado, ainda que póstumo, vencedor nessas próximas eleições. Que representam apenas um passo na trágica corrida do Oriente Médio. Quem chegará primeiro, o processo modernizador, representado pela tecnologia, pela industrialização, pelos mercados comuns (mas também pela ruptura com os costumes tradicionais), ou o fundamentalismo, voltado para o passado mas também para os antigos laços comunais? Ao fim e ao cabo, o conflito do Oriente Médio não é muito diferente do conflito do Leste Europeu ou da América Latina. É o conflito de nosso mundo neste fim de milênio. Um milênio que começou na Idade Média e que, aqui nesta região, ainda tenta livrar-se dela.

Em busca da terra prometida

[21/02/1996]

Jerusalém — Este mês de fevereiro marca o centenário de uma obra hoje pouco conhecida do público em geral, mas que teve enorme repercussão no cenário internacional. Trata-se de *O Estado judeu* (*Der Judenstaat*). Seu autor, Theodor Herzl, era um jornalista e intelectual mais ou menos assimilado que descobriu a questão judaica de maneira súbita e dramática quando do virulento processo antissemita movido contra o capitão francês Alfred Dreyfus, em 1894. De imediato concluiu que só havia um meio de evitar tais perseguições: encontrar para os judeus uma pátria onde pudessem se transformar num povo normal: "Temos de entrar na Terra Prometida sob a bandeira do trabalho... Temos de nos transformar num povo de inventores, guerreiros, artistas, intelectuais, operários".

A volta a Sion não era, claro, um objetivo novo; animara o judaísmo durante quase 2 mil anos de Diáspora e dera inclusive a origem a curiosos movimentos, como o dos Falsos Messias, que periodicamente se propunham a conduzir o Povo Eleito à Terra Prometida. Herzl, porém, conferiu uma dimensão política a esse sonho. De imediato, iniciou contatos com os governantes europeus. A Palestina naquela época estava sob domínio turco, e o sultão não parecia disposto a acolher uma imigração judaica — a menos que para tal fosse pressionado. Herzl recebeu apoio, às vezes inesperado: o tsar da Rússia ficou muito contente com um movimento que poderia livrá-lo dos incômodos revolucionários judeus. Mas o governo inglês, que tinha na questão um poder quase decisório, mostrou-se reticente e propôs que os judeus, ao invés de irem para a Palestina, aceitassem um território na África. Para não romper com a coroa britânica, Herzl mostrou-se favorável à proposta, o que lhe custou muita dor de cabeça: os próprios partidários lhe reprovaram o gesto. "Sou um homem sozinho e isolado", escreveu amargurado. Morreu aos 44 anos sem ver seu sonho realizado — o que, no entanto, aconteceria em 1948, quando foi proclamado o Estado de Israel. Como tinha previsto, os judeus ali se tornaram um povo de "inventores, guerreiros, artistas... operários".

O que não ocorreu sem lutas e sacrifícios. A Palestina não era um território vazio; ali vivia um povo que também tinha aspirações nacionais. Na luta que se seguiu, a palavra "sionismo" transformou-se num termo depreciativo e, para a ONU, sinônimo de racismo — um conceito que já foi mudado.

O Estado judeu é hoje uma realidade, uma potência econômica, científica e militar no Oriente Médio. O seu problema principal é agora a questão da paz, um processo que, apesar dos avanços e recuos, prossegue. Tinha razão Theodor Herzl, profeta com uma causa, quando disse: "Se quiserdes, não será uma lenda".

Atentados ferem a paz em Israel

[26/02/1996]

Acordei nesta fria manhã de Jerusalém com o uivo das sirenas — o que antecipava o pior. Liguei a TV — eram 7h15 — e ali estavam as notícias sobre os dois atentados a bomba, um deles na própria cidade de Jerusalém, próximo à estação central de ônibus. Dirigi-me até lá, o que não foi fácil: o tráfego na região estava congestionado. Domingo é o primeiro dia da semana em Israel e o movimento é intenso: gente que vai para o trabalho, soldados que voltam de suas bases. Sem dúvida os terroristas sabem escolher o momento adequado para suas ações criminosas.

Quando cheguei ao local vi uma cena dantesca. Os mortos — em número de 23, segundo as últimas informações — já tinham sido removidos, e os feridos também, mas ali estava a carcaça destruída do coletivo, um ônibus urbano duplo. Macabra coincidência: o seu número era 18, cujos algarismos correspondem à palavra hebraica que quer dizer vida. A vida ali dava lugar à morte.

Ao redor, uma multidão. Ninguém falava, ninguém se lamentava. Atentados são parte da vida israelense há muito tempo.

Este, porém, ocorre num momento particularmente difícil. O primeiro-ministro Shimon Peres acaba de convocar eleições. A oposição direitista, enfraquecida pela trágica morte de Yitzhak Rabin, sem dúvida aproveitará a ocasião para atacar o processo de paz, a tônica na campanha de Peres.

O atentado era, contudo, esperado. Depois da morte do terrorista conhecido como "O Engenheiro", um ato de vingança era questão de tempo e ocorreria a qualquer momento depois dos quarenta dias de luto. Mas não há como impedir que alguém entre num ônibus, e qualquer pacote pode ser uma bomba.

A explosão coincide com um novo surto de violência do mundo. O IRA retomou a luta armada e os dois genros de Saddam Hussein (não o melhor dos sogros, certamente) foram sumariamente liquidados. Nesta região do mundo a racionalidade não é das mercadorias mais disponíveis. Aqueles que continuam lutando pela paz terão sua tarefa consideravelmente dificultada. Mas não há outro caminho. "*Ma lassot?*", disse uma mulher no ônibus em que (apesar dos pesares) voltei para o hotel. "O que fazer?" Não há nada a fazer, a não ser continuar acreditando na boa vontade dos homens.

A utopia em crise

[01/03/1996]

Na gigantesca crise que assola o socialismo neste fim de século, há um setor que passa, melancolicamente, despercebido. É o kibutz. Colônia coletiva agrícola, o kibutz surgiu no início do século em Israel como uma forma de criar uma estrutura "normal" (isto é, baseada em obreiros), mas, sobretudo, para viabilizar os ideais socialistas que então despertavam esperança e entusiasmo em amplas camadas da população. Esperança e entusiasmo plenamente compensados, diga-se de passagem, porque durante muitas décadas o kibutz foi a base econômica do novo Estado. Mais que isso, transformou-se numa experiência social das mais instigantes. O sistema educacional, por exemplo — os filhos eram criados em creches — deu origem a numerosos estudos, entre eles um, famoso, do psicólogo Bruno Bettelheim. Todo o processo decisório era coletivo; a assembleia geral podia decidir se um membro do kibutz trabalharia no estábulo ou escreveria poesia. Durante as numerosas guerras em que Israel se viu envolvido, os soldados vindos do kibutz se destacavam pela coragem e pelo estoicismo.

O tempo passou, o Estado cresceu, sua economia se desenvolveu e se globalizou. De repente, o kibutz já não era uma unidade produtora pioneira; tinha de concorrer com outras formas, sempre privadas, de empreendimento agrícola ou mesmo industrial, pois não poucos kibutzim abriram fábricas. Só que, nessa competição, o kibutz sofria desvantagem, e por uma simples razão: não contava com a mais-valia, isto é, com o lucro decorrente da exploração da mão de obra. O nível de vida era bastante elevado, e isso custava dinheiro. Não demorou muito e o kibutz, como qualquer empresa, teve de recorrer aos bancos. E aí o desastre foi total. Israel tinha então uma inflação que nada ficava a dever ao Brasil — em torno de 400% ao ano — e as dívidas, sucessivamente corrigidas, trouxeram o fantasma da inadimplência.

Para sobreviver, o kibutz teve de mudar. E a mudança nada tinha a ver com ideias socialistas. Tratava-se, isto sim, de racionalidade. O refeitório coletivo, que possibilitava convivência, mas que também era caro — muitos membros do kibutz levavam alimentos para suas casas —, passou a ser pago. As crianças já não ficavam nas creches comunais. E em muitos casos passou-se a admitir assalariados de fora.

No momento, a situação ainda é incerta, inclusive por um curioso detalhe: um estudo da dívida "externa", feito por um consagrado economista, mostrou que a correção monetária foi exagerada e que talvez os bancos estejam devendo para os kibutzim. Mas esse aspecto é irrelevante. O problema é como salvar o ideal de solidariedade e de justiça social que animou os primeiros pioneiros. Este não é um problema só do kibutz. É, na realidade, o grande problema do nosso tempo.

O ônibus e a vida

[03/03/1996]

Os terroristas transformaram os ônibus de Israel em alvos preferenciais — e por boas razões. Naquele pequeno país os coletivos desempenham um papel fundamental na vida das pessoas; na ausência de metrô ou de um bom sistema ferroviário, são o principal meio de transporte. Os ônibus pertencem a uma empresa chamada Egged. É uma cooperativa criada dentro do espírito socialista que animou a fundação do Estado. Os motoristas (não há cobradores) têm orgulho de seus veículos e zelam por eles com uma energia exemplar. Lembro-me de uma ocasião em que eu estava num ônibus urbano com umas poucas pessoas, quase todas entregues a um hábito muito disseminado no Oriente Médio que é comer "garinim", ou seja, sementes de girassol, de abóbora, pistaches, coisas que têm casca — casca esta que é habitualmente jogada no chão. Quando o motorista viu o estado do chão do ônibus, parou o veículo e passou uma descompostura em regra nos mal-educados passageiros, que ouviam, encolhidos. Uma cena só possível numa sociedade em que todos são, rigorosamente, iguais. Uma igualdade favorecida pela *"chutspá"* judaica, aquela sem-cerimônia com que o pobre se dirige ao rico, o empregado ao patrão — e o motorista de ônibus aos seus passageiros inconvenientes.

Mesmo porque é um serviço confiável. Sob quaisquer condições os ônibus trafegam. A menos, claro, que haja um obstáculo intransponível. E um desses obstáculos é constituído pelos religiosos ortodoxos, os "haredim". Para eles, veículos não podem andar no sábado, dia consagrado pelo Senhor ao descanso. "Veículos" é uma expressão de caráter amplo que inclui, por exemplo, os elevadores. Então não dá para andar de elevador no sábado? Dá. Mas os elevadores que os religiosos usam param automaticamente em cada andar. Dessa forma, eles se poupam de apertar o botão, que é o verdadeiro trabalho, aquilo que mobiliza energia.

Os religiosos costumam bloquear as ruas dos bairros em que vivem, de modo a impedir a entrada de veículos. Recentemente houve uma polêmica a respeito. Uma parte de Jerusalém ficou sem luz e os carros da companhia de energia elétrica não puderam chegar ao lugar porque o acesso estava impedido. Um jornalista entrevistou um rabino e perguntou se a falta de luz não caracterizava um risco à vida ou à saúde, situação na qual a transgressão do sábado é permitida; uma pessoa idosa, privada da calefação elétrica, talvez contraísse uma pneumonia. O rabino ponderou que essa pessoa poderia ir para a casa de amigos ou parentes em que houvesse calefação; e arrematou: se se trata de risco, tudo bem, mas se é só qualidade de vida, o carro da companhia de eletricidade não pode entrar.

Os ônibus podem não circular nos sábados, mas nos outros dias eles são parte indispensável da vida israelense. A cada hora, o motorista liga o rádio para que os passageiros possam ouvir o noticiário. E sempre há notícias, em Israel. Notícias não necessariamente boas: desde que foi criado, o país vive permanentemente sob a ameaça de guerra ou do terror. Mas todos ouvem. Não há outro jeito: é impossível negar a realidade. Mesmo porque boa parte dos passageiros são soldados, que embarcam levando seus fuzis-metralhadoras. A arma faz parte da vida israelense.

E o terror também. Lembro-me de uma ocasião em que embarquei num ônibus em Tel Aviv. O motorista já ia dar a partida quando alguém viu, no chão, um objeto metálico, cilíndrico. Imediatamente criou-se uma imensa confusão, todo o mundo falando e gritando ao mesmo tempo. Nisto, uma velhinha que estava sentada, cochilando, acordou, olhou para o misterioso objeto e identificou-o de imediato: era o batom que ela tinha deixado cair.

Às vezes não é batom. Às vezes é bomba mesmo. É impossível identificar o fanático que entra no ônibus carregando dez quilos de explosivo, pronto para uma ação suicida. A democracia pode se defender do totalitarismo, mas não pode se defender da loucura. Que os ônibus continuem andando é, porém, razão mais que suficiente para que continuemos a acreditar na humanidade.

A lógica do terror

[05/03/1996]

Por trás do terror desencadeado em Israel há mais do que meia dúzia de loucos e mais que algumas dezenas de quilos de explosivos. Na verdade essa é apenas a ponta do iceberg, o indicador mais gritante do grande conflito de nosso tempo: a emergência da chamada modernidade, um vertiginoso processo de mudança social, econômica e cultural que subverte antigas estruturas e coloca em risco os valores tradicionais. Modernidade significa ciência, significa tecnologia, mas também significa consumismo, liberação dos costumes e alteração de milenares sistemas de trabalho.

Em nosso mundo, há dois polos desse processo modernizador. Um, no Ocidente, representado pelos Estados Unidos e pelos países do Mercado Comum Europeu, que já começa a incorporar os países da antiga União Soviética. O outro, no Oriente: é o Japão, um modelo rapidamente copiado pelo Sudeste Asiático e agora pela China. Entre essas ondas que avançam implacavelmente, está uma grande região do mundo, que foi, no passado, sede de impérios poderosos: o Oriente Médio. Países governados por monarcas anacrônicos e ditadores sanguinários, que se entrosaram no modo de produção industrial da pior maneira possível, fornecendo uma matéria-prima que está ao sabor das cotações internacionais, o petróleo. Este é o dilema do Oriente Médio: não pode oferecer mão de obra barata, como a China, porque tem o dinheiro do petróleo; e não pode se transformar numa região desenvolvida porque não tem infraestrutura para isso. Saddam Hussein pode produzir uma bomba atômica, mas não pode dar para as crianças iraquianas os medicamentos que o bloqueio da ONU impediu de chegar. As massas olham os frutos da modernidade sem deles poderem se aproximar.

O fundamentalismo oferece uma solução. Ele rotula de demoníaca essa situação toda. Ao invés de filmes de sexo, cobre as mulheres com véus. Ao invés de computadores, demanda orações. E atrai os fiéis com escolas e clínicas.

Os líderes fundamentalistas gostariam de fechar o Oriente Médio ao mundo. Mas não podem. Pior que isso, tem diante dos olhos o exemplo de uma pequena nação que deu certo apostando no desenvolvimento sociotecnológico. Israel é um fato perturbador e humilhante, capaz de suscitar a ira de fanáticos de todo o tipo.

É uma luta contra o tempo. É possível transformar a Faixa de Gaza numa Singapura do Oriente Médio, mas isso não se fará da noite para o dia. A explosão de uma bomba, pelo contrário, é instantânea — e instantaneamente detém um processo de paz que levou anos a ser construído. Quando lhe interessa, o terror sabe como usar a tecnologia.

O que pode ser feito nessas circunstâncias? Em primeiro lugar, é preciso recusar o terror, seja qual for o disfarce sob o qual se apresente. E é preciso tomar medidas ativas contra os países que apoiam o terror. Não é possível que os aiatolás do Irã condenem à morte um escritor que além do mais é cidadão de outro país sem que a comunidade internacional tome qualquer medida. Defender a racionalidade da paz e da justiça contra a perversa lógica do terror é condição de sobrevivência para a nossa civilização.

Os dilemas do povo do livro

[16/03/1996]

Exilado durante 2 mil anos, o povo judeu fez do texto (a Bíblia, o Talmude, as obras de grandes escritores) a sua pátria. O que acontece, porém, quando esse povo passa a ter uma pátria situada, não no imaginário, mas no contexto da geopolítica?

Essa é a pergunta que me fiz várias vezes em Israel. E que não é, evidentemente, uma dúvida só minha. Trata-se de uma questão — vital, inquietante — que ocorre a toda uma geração. O que desencadeia o problema é, em primeiro lugar, o rumo tomado pela intelectualidade judaica no mundo e, em segundo lugar, mas não menos importante, a emergência de um grande grupo de escritores israelenses, cuja obra já é bastante significativa.

Estive com três desses escritores: Aharon Appelfeld, David Grossman e A. B. Yehoshua. Dois outros não me foi possível encontrar: Amós Oz e o poeta Yehuda Amichai. Esses cinco estão, seguramente, entre os principais autores de Israel, ainda que Appelfeld, como já veremos, se constitua em caso à parte.

O que há de comum entre eles? Em primeiro lugar, escrevem em hebraico, o que já é um milagre: durante 2 mil anos, esse foi um idioma praticamente litúrgico, o latim do povo judeu. É verdade que obras surpreendentes como O Cântico dos Cânticos estão em hebraico, mas o escritor precisa contar com elementos da língua viva, como a gíria, as expressões populares — que só agora estão surgindo em Israel. Mesmo assim, há contos, romances e poemas que aproveitam todo o encanto peculiar e austero do idioma.

Grossman, A. B. Yehoshua e Amós Oz são sabras, israelenses nativos. Isso também é uma novidade: até há pouco tempo, os escritores em Israel eram emigrantes; a sua língua nativa era outra, a sua cultura de origem era outra. Nascer em Israel faz uma diferença tremenda: significa viver, desde a infância, num país em permanente efervescência, um país onde o avanço social (o kibutz, o sistema de seguridade social), científico, cultural, foi acompanhado de perto pela inquietação resultante do permanente estado de beligerância. O conflito árabe-israelense está muito presente na obra desses autores. Ilustrativo é o caso de David Grossman. Escritor e jornalista ainda jovem (está na casa dos quarenta), ele foi encarregado por uma revista de fazer uma série de reportagens sobre os territórios ocupados. O resultado foi um livro, *O vento amarelo*, que, publicado em 1987, causou imediata comoção, em Israel e em outros países. Grossman descrevia a sombria situação em que viviam os palestinos, dependendo de Israel para conseguir trabalho e ao mesmo tempo abominando a ocupação. "Eu antes temia os israelenses", disse um dos entrevistados. "Agora eu os odeio." O título alude a uma lenda árabe, segundo a qual um "vento amarelo" soprará do deserto calcinando os inimigos do Islã.

O trabalho de Grossman despertou furiosas reações. O então primeiro-ministro, Yitzhak Shamir, acusou-o de distorcer os fatos e de fazer o jogo dos inimigos de Israel. Mas o escritor tinha razão: três meses depois começava a intifada, o levante palestino nos territórios que acabou levando, ainda que de forma indireta, às conversações de paz. Grossman funcionou como um profeta.

Profetas modernos. Essa é a expressão que o jornal *Sunday Telegraph* usou a propósito de um outro, e talvez mais conhecido, escritor israelense, Amós Oz. Nascido em kibutz, Oz escreve sobre essa incomum experiência de vida coletiva e também sobre as questões políticas. Seu último livro chama-se, significativamente, "Israel, Palestina e paz" [*Israel, Palestine and Peace: Essays*]. Vale a pena citar os parágrafos finais:

> Dois povos teimosos (judeus e palestinos), dois povos conhecedores do sofrimento e da perseguição, dois povos que mostraram, através de uma luta de gerações, que são capazes de determinação e também de devoção — esses dois povos agora têm a chance de usar essas qualidades na construção de uma casa semisseparada.
>
> Mesmo um longo e amargo conflito pode às vezes criar uma espécie de intimidade profunda e secreta entre inimigos. Essa intimidade deve ser usada para reconstrução e reabilitação. Existe, claro, um longo caminho a percorrer, um caminho cheio de fúria e desapontamento, mas pode-se ver ao longe as primeiras, e hesitantes, luzes da esperança.

Fúria e desapontamento: as palavras de Amós Oz, escritas em 1993, logo depois da assinatura do acordo de paz, descrevem a sensação depois dos recentes atentados em Israel. Profético, realmente.

"*We don't need you anymore*", nós não precisamos mais de vocês. As palavras do iconoclasta A. B. Yehoshua, na abertura do

Congresso Mundial Judaico, provocaram acirrada polêmica e obrigaram o autor do consagrado romance *O sr. Máni* a dar muitas explicações. O que ele queria dizer é que Israel, às vésperas de seus cinquenta anos, já pode caminhar por suas próprias pernas: é um país forte militarmente, economicamente, cientificamente. Absorveu uma emigração de 700 mil russos, ou seja, 15% da população (imagine-se 22 milhões de pessoas chegando de repente ao Brasil), e pode ser a base do mercado comum da região.

Há um orgulho em ser israelense e há também um orgulho em ser um escritor israelense. É isso que coloca Aharon Appelfeld numa posição — paradoxalmente — sui generis. Europeu sobrevivente do Holocausto (criança ainda, foi salvo por camponeses ucranianos e depois por uma prostituta, que o adotou), Appelfeld volta constantemente ao tema do extermínio do povo judeu. Por isso, e embora viva em Jerusalém, é considerado um escritor da Diáspora. E Diáspora nem sempre evoca a melhor das imagens, como mostra o poeta Yehuda Amichai em seu "Turistas":

> *Eles estão aqui para visitas de condolências; é o que fazem,*
> *sentando no Memorial do Holocausto, fazendo cara séria*
> *no Muro das Lamentações,*
> *mas rindo atrás das pesadas cortinas dos quartos de hotel.*

O poema prossegue com uma narrativa:

Uma vez eu estava sentado nos degraus perto da Cidadela de Davi com dois pesados cestos a meu lado. Um grupo de turistas estava ali, ao redor de seu guia, e eu me tornei um ponto de referência: "Veem aquele homem com os cestos? Um pouco à direita de sua cabeça há um arco do período romano". E eu disse comigo: a redenção virá quando alguém disser a eles: "Veem aquele arco do período romano? Ele não tem nenhuma importância, mas ao lado está um homem que acabou de comprar frutas e verduras para sua família".

Conciliar o passado judaico com o presente sabra parece ser o principal dilema da literatura israelense. Na verdade, ele é o grande dilema judaico neste final de milênio. Um dilema que, pelo menos, não implica a ameaça do extermínio físico. O que já é um grande consolo.

As amargas vinhas da ira

[20/04/1996]

A intervenção israelense no Líbano já deixou algumas tristes lições. Em primeiro lugar, mostrou que um país civilizado corre riscos quando pretende pagar aos terroristas na mesma moeda por estes usada. O terror não conhece a lógica das relações normais entre seres humanos; a lógica que utiliza é uma lógica perversa, a lógica da propaganda baseada na morte de inocentes. Nesse sentido, os terroristas conseguiram uma vitória no Líbano. As lágrimas que corriam nas faces das pessoas traumatizadas pela tragédia eram as mesmas lágrimas daqueles que presenciaram os atentados contra os ônibus em Israel.

A segunda lição, diretamente ligada à primeira, é esta: precisão cirúrgica pode existir na sala de cirurgia, mas não existe num ataque militar. Por mais individualizado que seja um alvo, a possibilidade de que civis estejam por perto, e de que um erro seja cometido, é apreciável. E de novo: um país civilizado não pode cometer erros, sobretudo quando o limite entre erro e massacre é tão tênue.

Terceira lição: não é possível resolver problemas políticos

por meios militares. O exemplo mais eloquente é o de Saddam Hussein, que foi fragorosamente derrotado no campo de batalha, mas continua no poder. Alguém já disse, com ironia, que a guerra é um assunto muito importante para ser entregue aos militares. Os militares israelenses, relegados ao papel de polícia na intifada, o levante palestino, tiveram uma chance de ir à forra e evidentemente exageraram. Mas Peres já deveria ter sabido que uma campanha militar no Líbano, mesmo sem tropas terrestres, é um beco sem saída. A população nunca entenderá que os bombardeios são um recado ou uma advertência a um grupo de fanáticos. Essa espécie de pedagogia não funciona quando as pessoas estão desesperadas. Estabelecer uma relação de causa e efeito entre a presença de terroristas e os mísseis que subitamente surgem espalhando morte e destruição é uma coisa muito difícil.

Curiosa a denominação adotada para a operação. "Vinhas da ira" é uma expressão bíblica, que o romancista americano John Steinbeck usou, nos anos 1930, como título de um romance sobre o drama dos sem-terra norte-americanos. Esta semana tivemos no Brasil um massacre de camponeses. Ou seja: as vinhas da ira estão amadurecendo, tanto aqui como no Oriente Médio. Elas jamais alimentarão a pomba da paz.

Quando piora, melhora

[29/04/1996]

Aquela gente do Oriente Médio não se entende, certo? Aquilo ali vai acabar numa carnificina, certo?

Errado.

As últimas notícias mostram, mais uma vez, que o Oriente Médio tem uma lógica peculiar. A História lá se move pelo sistema *stop and go*, ou, como dizia Lênin, um passo atrás seguido de dois à frente. Quando a situação parecia ter se agravado, caminhando para um confronto perigosíssimo, as coisas começaram a acontecer. Primeiro, a Organização para a Libertação da Palestina (OLP), liderada por Yasser Arafat, tirou de seu estatuto uma cláusula que havia décadas era o símbolo da inimizade entre palestinos e israelenses, aquela passagem que falava na destruição do Estado de Israel. Com isso, desaparece o segundo e mais importante libelo contra Israel; o primeiro era a resolução da ONU que igualava sionismo a racismo e que foi revogada há mais tempo.

É uma mudança importante. Até a oposição direitista a Peres foi obrigada a reconhecê-lo e agora admite negociar com

Arafat. Que, de outra parte, reparou seu erro histórico da Guerra do Golfo, quando, desastradamente, apoiou Saddam Hussein. É óbvio que o líder palestino escolheu o momento exato. Com o gesto, ele deu a sua contribuição para apagar a fogueira, coisa que o presidente sírio, Hafez al-Assad, não foi capaz de fazer — e muito menos, claro, o fanático Hezbollah.

Uma pergunta se impõe: era necessário que centenas de pessoas morressem para que a lucidez enfim se impusesse? Bom, agora já não se trata apenas de Oriente Médio. Não precisamos ir muito longe para encontrar situações sinistramente similares. O massacre dos sem-terra no Pará deu à reforma agrária uma urgência que o governo parecia recusar à questão da terra. Da mesma forma, a morte dos doentes renais atendidos em Caruaru evidenciou a má qualidade dos serviços médicos prestados à população e fez com que as medidas de fiscalização fossem reforçadas. Mas isso se estende ao nosso mundo como um todo. Foi preciso o Holocausto para que as terríveis consequências do preconceito e da intolerância ficassem enfim evidenciadas.

Somos como somos, os seres humanos. Se deixamos o imposto de renda para a última hora, por que haveríamos de proceder diferente nas grandes questões políticas e sociais? Menos mal quando a lição é enfim aprendida e os resultados começam a aparecer. Este é um benéfico movimento dialético, que se traduz naquela máxima francesa: *"Il faut réculer pour mieux sauter"*, é preciso recuar para melhor avançar. E é preciso que a situação piore para que enfim melhore.

Duelo histórico em paisagem bíblica

[29/05/1996]

Os essênios, seita messiânica que viveu próximo ao mar Morto à época de Jesus, acreditavam que o fim dos tempos seria marcado pela batalha final entre os Filhos da Luz e os Filhos das Trevas, terminando, claro, com a vitória dos primeiros. A espetacular movimentação em torno às eleições em Israel poderia fazer supor que a conflagração prevista pelos essênios já chegou. De fato, nunca estiveram os israelenses tão polarizados em suas opiniões. Em passado recente, e justamente por causa da peculiar situação do país, registrou-se muitas vezes um consenso em relação a assuntos de segurança, consenso este que inclusive permitiu a emergência de governos de união nacional.

Isso não mais acontece. O assassinato de Rabin representou uma drástica ruptura com o passado: pela primeira vez um israelense assassinava outro por razões políticas. Na verdade esse trágico acontecimento representou a culminância de um processo que revela um fato paradoxal: apesar de todos os atentados terroristas, Israel, que breve completará o seu primeiro meio século como Estado, revela-se como uma potência forte, tanto do ponto de vista militar como econômico. O terrorismo é uma demonstração de selvagem desespero diante desse fato. Israel pode inclusive pensar num Oriente Médio transformado numa zona de cooperação econômica. Peres é o arauto desse projeto; não por acaso, o livro que há pouco publicou chama-se *O Novo Oriente Médio*.

Nem todos partilham desse otimismo. Os atentados reforçaram a convicção, em boa parte da população, de que "não se pode confiar nos árabes" e que, entre a paz e a segurança, é melhor optar por esta última. No limite, essa posição configura o chamado "complexo de Massada", nome de uma fortaleza na qual os judeus resistiram desesperadamente aos romanos, preferindo matar-se a cair nas mãos do inimigo. O Oriente Médio é um lugar propício a um tipo de conflito que frequentemente degenera em fanatismo.

Uma imagem que o candidato Benjamin Netanyahu, do Likud, prefere evitar. Ele faz mais o gênero populista, tipo Pat Buchanan. Não ousa rejeitar a paz — que afinal tem o apoio entusiasta de Clinton — mas não deixa de apelar à paranoia. E não há dúvida de que, se ganhar, o processo de paz, tal como está sendo conduzido até agora, encontrará obstáculos.

A magnitude desses obstáculos é que pode estar sendo exagerada. O extremo equilíbrio entre os dois candidatos faz supor que o vitorioso não poderá ignorar os argumentos do lado contrário. Peres já flexionou o seu músculo guerreiro (com resultados não inteiramente favoráveis). Quanto a Netanyahu, é preciso lembrar que o primeiro grande movimento para a paz foi dado na gestão do linha-dura Menachem Begin, do Likud. Não é novidade: afinal, foi o direitista Nixon o presidente americano que primeiro se aproximou dos chineses.

O que importa, ao fim e ao cabo, é o processo. E o processo

que foi desencadeado na região conduz à paz. Andará mais depressa com Peres, andará mais devagar com Netanyahu — mas andará. Apesar das profecias milenaristas.

Esperando surpresas melhores

[31/05/1996]

Se houve um grande vencedor nas eleições em Israel, esse vencedor chama-se medo. Por trás dele estão os fundamentalistas — de ambos os lados — que apostam na continuação do infernal ciclo do terror: ataque, represália, ataque de novo, represália de novo. Notando-se que as expressões "ataque" ou "represália" assumem conotações diferentes conforme o uso que delas se faz. Os terroristas que fizeram explodir os ônibus em Jerusalém (e que agora devem estar celebrando seu "êxito") não estavam "atacando" ninguém: estavam "vingando mártires". A semântica pode ser morta.

A escalada do medo tem resultados devastadores, porque acaba envolvendo toda a população. Por causa do medo, os territórios autônomos palestinos são fechados, as pessoas não podem ir trabalhar, não podem levar os doentes ao médico ou ao hospital. A pobreza aumenta, a autonomia torna-se uma ficção, a revolta cresce; nesse lamaçal de ódio é que vicejam as vinhas da ira. Cujos frutos amargos são colhidos pelos fanáticos de ambos os lados. Eles se amparam mutuamente, naquele processo que os psiquiatras franceses denominavam *folie à deux*, loucura a dois.

Resta esperar que a próxima surpresa não seja desagradável. O que não é impossível. Como a inflação, a fúria cresce até chegar a um nível insuportável, quando então o senso comum intervém e dá um basta. Esse papel terá agora de ser assumido por Clinton. O presidente norte-americano pode não ser nenhuma maravilha como estadista, mas os Estados Unidos sempre souberam pressionar. E é preciso colocar alguma pressão na tampa desse caldeirão que é o Oriente Médio, antes que ocorra a explosão final. O resto ocorrerá à conta dos homens de boa vontade em ambas as partes do conflito.

A língua do país chamado memória

[19/10/1996]

Quando se abre *Aventuras de uma língua errante* (lançamento da editora Perspectiva) e se constata que a língua errante é o iídiche, uma primeira conclusão se impõe de imediato: o autor só poderia ser Jacó Guinsburg. No Brasil, ninguém conhece o tema melhor do que ele. Ninguém se dedicou tanto à divulgação da cultura que o iídiche representa: são dezenas de títulos nessa editora, que há exatamente trinta anos ele vem dirigindo. E podemos ter certeza de que *Aventuras...* é a culminância desse esforço: é uma vasta obra, belamente ilustrada, que traça, para o leitor brasileiro, a trajetória de um grupo humano que, apesar do sofrimento, ou por causa dele, criou uma pujante cultura.

Mas o que é o iídiche? Em primeiro lugar, é o resultado da Diáspora, esse vagar sem rumo de região em região, de país em país. Expulsos da antiga Palestina, os judeus espalharam-se por vários locais, inclusive dentro do próprio Império Romano. Por volta do século x, judeus vindos da Itália e de regiões românicas estabeleceram-se nas margens do Reno, nas atuais fronteiras franco-alemãs. Aí surgiu uma curiosa mistura linguística: o hebraico ritual, mais o aramaico herdado da linguagem corrente à época bíblica, mais francês, mais italiano, e sobretudo alto-alemão, geraram o que seria aquilo que Jacó Guinsburg denomina "uma língua-passaporte": o iídiche. Ele acompanharia os judeus nos seus constantes deslocamentos, primeiro para a Europa Oriental, onde surgiram grandes comunidades, e depois para a América. Eram os ashkenazim (do hebraico Ashkenaz, Alemanha), a diferenciar-se dos sefardim (de Sefarad, Espanha), que falavam o ladino, uma espécie de espanhol arcaico. Na Europa Oriental, surgiu o *shtetl*, a aldeia judaica, e ali o iídiche era praticamente o único idioma. Em iídiche falavam os mestres do hassidismo, esse movimento religioso do século XVIII que representou uma reação ao frio e austero judaísmo praticado pelas afluentes comunidades da Europa Ocidental. E em iídiche surgiu uma surpreendente literatura e um não menos surpreendente movimento teatral — que se constituem no tema principal do livro. Encontramos em primeiro lugar a tríade de ouro da literatura em iídiche: Mêndele Môikher Sfórim (Mêndele, o Vendedor de Livros, pseudônimo de Shólem Y. Abramóvitsh, 1836--1917), I. L. Peretz (1852-1915) e o grande Scholem Aleikhem (Scholem Rabinovitch, 1859-1916), criador do personagem Tévye, o Leiteiro, que inspirou o filme *Um violinista no telhado*. Eram escritores de grande público, sobretudo pela temática: em suas páginas, o que temos são histórias de gente simples, narradas com humor e emoção. Entre parênteses, os judeus da Rússia não se restringiam ao iídiche; quando melhoravam de vida, aprendiam o russo e depois o francês, que era a língua usada pela aristocracia do império tsarista. Há uma história muito ilustrativa a respeito, sobre uma jovem grávida que está a ponto de dar à luz. O doutor é chamado, e encontra a moça gritando em francês. Não é hora ainda, diz à mãe. Logo em seguida a moça começa a gritar em russo, e o doutor repete: não, ainda não está na hora.

Quando ela finalmente grita em iídiche, ele diz: agora sim, a criança vai nascer. O iídiche era a língua visceral daquela gente, a língua na qual se exprimiam as emoções mais autênticas — e disso sabiam os escritores.

Em iídiche foi escrito *O Dibuk* (de An-Ski, pseudônimo de Schloime Z. Rapaport, 1863-1920), a história de um rapaz que, morto, encarna em sua prometida, cuja mão lhe tinha sido negada. Essa narrativa, que mistura romantismo com elementos do misticismo judaico, foi encenada inúmeras vezes (e mostrada inclusive na Globo) e levada ao cinema. Em iídiche foram escritos também os poemas proletários, expressão do sonho socialista que animou os judeus tanto na Europa como na América (e que se viu cruelmente frustrado pelo stalinismo). Em iídiche, finalmente, havia uma exuberante imprensa, com jornais de grandes tiragens.

O Holocausto despedaçou o mundo do iídiche. Hoje, o número de judeus nos países da Europa Oriental é insignificante; os que não foram trucidados, emigraram para Israel e para os Estados Unidos. Na América, o desaparecimento do iídiche tem outra causa: o rapidíssimo processo de assimilação. Jacó Guinsburg vê em Isaac Bashevis Singer o "último elo" com o mundo do iídiche. Às vezes, se fala em um renascimento do idioma, em geral por conta de iniciativas individuais ou de pequenos grupos. Iniciativas bem-intencionadas, mas com escassa chance de êxito. Do ponto de vista cultural, o que desapareceu foi o próprio substrato do iídiche, aquele tipo de judaísmo do qual ele se nutria: um judaísmo culto, mas com profundas raízes populares, possuído de uma incrível fé no futuro. A religião judaica tem os seus rituais e suas formas de apoiar as pessoas, o Estado de Israel tem o seu projeto desenvolvimentista e seus problemas com os vizinhos do Oriente Médio; nada disso tem a ver com o humor judaico ou com a literatura de Scholem Aleikhem. O iídiche sobrevive agora unicamente no país chamado memória. Que, graças a autores como Jacó Guinsburg, podemos visitar — ocasionalmente, mas sempre com emoção.

Netanyahu estuda
a retirada militar

[08/01/1997]

O processo de paz do Oriente Médio, que vinha avançando a trancos e barrancos, tem um impasse, e esse impasse chama-se Hebron. A milenar cidadezinha foi adquirida, segundo a Bíblia, pelo próprio Abraão; e lá, ainda segundo a tradição, está enterrado o patriarca venerado por muçulmanos e israelitas.

É curioso que Abraão tenha pago em dinheiro por uma terra que, diz o texto bíblico, já lhe havia sido confiada por Deus. Mas é que, ao fazê-lo, ele consumou uma transação que podia estar avalizada pela divindade, mas não estava, como hoje diríamos, registrada em cartório. Ou seja: Abraão pagou para não se incomodar.

Uma atitude que, infelizmente, não se repete nos dias de hoje. Hebron é uma fonte permanente de incomodação, de atritos, como o demonstrou o atentado realizado contra palestinos por um soldado israelense portador de problemas mentais, Noam Friedman. "Foi como se ele tivesse disparado contra mim", disse, chocado, o pai de Friedman. Mais que isso, foi como se o soldado tivesse atingido com seus tiros o próprio processo de paz. Subitamente reforçado em suas reinvindicações, Yasser Arafat passou a exigir que a retirada de Hebron se transforme num passo para a completa retirada das tropas israelenses. De outra parte, o premiê israelense, Benjamin Netanyahu, deu-se conta do risco representado pelos extremistas que o ajudaram a eleger.

Mais que isso, ele agora compreende que os acordos de Oslo, firmados por seus antecessores trabalhistas, são para valer. É o que entende também a população de Israel: três quartos dos entrevistados num recente inquérito de opinião são a favor do processo de paz.

Existe, nas negociações ora em curso no Oriente Médio, um impasse e um descompasso. O impasse é representado pelas exigências conflitantes. O descompasso: quando uma das partes cede e mostra-se razoável, a outra endurece. Por essa razão não deu para firmar o acordo no Ano-Novo (que não é, diga-se de passagem, Ano-Novo nem para judeus nem para muçulmanos). Está na hora de retornar ao espírito de Abraão, um patriarca para quem a paz valia qualquer preço. E que até pagou barato por ela.

A difícil arte da barganha

[06/03/1997]

A historieta é apócrifa, mas podia até ser verdadeira. Turista vai ao mercado árabe de Jerusalém, interessa-se por um objeto qualquer. Pergunta quanto é, o vendedor diz, ele deixa o dinheiro sobre a mesa e vai-se. O vendedor corre atrás dele, ultrajado: "Isso é maneira de fazer negócio? O senhor tinha de fazer uma oferta, eu faria outra, o senhor pechincharia, eu diria que não...". A barganha é parte da cultura do Oriente Médio. Mesmo quando feita em circunstâncias difíceis.

Benjamin Netanyahu anuncia a construção de 6500 casas em Jerusalém Oriental. É antes de mais nada um lance geopolítico destinado a incluir a Cidade Velha num espaço predominantemente israelense. Mas não é só. O primeiro-ministro, que despertou a irritação de seus aliados direitistas com o tratado de Hebron, agora faz uma correção de rumo; ou seja, uma no cravo outra na ferradura, uma de apaziguador outra de beligerante. Jogo sempre difícil numa região do mundo em que cada pedra é milenar e está impregnada de aura religiosa. Um túnel que é aberto, um bairro que é construído podem colocar populações em pé de guerra. E as acusações às vezes são surrealistas: Netanyahu foi colocado sob suspeição — inclusive por setores de esquerda — por ter cooptado o apoio de um partido direitista para o acordo de Hebron, mediante uma tortuosa manobra que envolveria manipulação do Judiciário. O toma lá dá cá que conhecemos tão bem. Só que, em se tratando de Jerusalém, as coisas não são tão fáceis. Como disse o poeta israelense Yehuda Amichai, Jerusalém sofre de um excesso de História.

Em *A jangada de pedra*, o escritor português José Saramago imagina a península Ibérica destacando-se da Europa e avançando, como uma gigantesca jangada pelo oceano, em busca de seu destino. Jerusalém, que não está próxima do oceano, só poderia seguir uma trajetória semelhante desprendendo-se da terra e ascendendo aos céus. Enquanto isso não acontecer, a arte da barganha terá de ser exercida com o máximo de cautela.

Equívocos e acertos encravados no Brasil

[19/07/1997]

Duas datas lembram, nesta semana, figuras importantes para a brasilidade. O décimo aniversário da morte de Gilberto Freyre ocorreu a 18 de julho; e o 20 deste mês marca três séculos do falecimento do padre Antônio Vieira. Duas figuras que marcaram profundamente a nossa cultura e a nossa política. Duas figuras que têm coisas em comum — e diferenças igualmente notáveis.

Antônio Vieira, nascido em Lisboa em 1608, veio para o Brasil com seis anos acompanhando o pai, funcionário da administração colonial. Na Bahia fez os seus estudos, lá teve o famoso "estalo" (aquela dor de cabeça que, segundo se conta, tornou-o subitamente inteligente — o que seria o maior libelo já feito contra a aspirina). Tornou-se sacerdote e ficou conhecido pela eloquência com que proferia os seus notáveis sermões. Vieira celebrou-se por duas causas, ambas polêmicas à época. Em primeiro lugar defendeu os índios contra a escravidão (mas não os negros, o que lhe valeu muitas acusações a posteriori), atraindo a ira dos proprietários rurais; em segundo lugar Vieira — já em Portugal, para onde regressou aos 33 anos — defendeu a volta àquele país dos cristãos-novos.

Judeus convertidos à força pela Inquisição, os cristãos-novos tinham sido expulsos em 1497, dispersando-se por vários países da Europa, notadamente a Holanda — em Amsterdam pode-se visitar a magnífica Sinagoga Portuguesa, construída por esses exilados. Muitos desses judeus eram financistas e comerciantes, e essa era a razão pela qual Vieira defendia a sua volta: o dinheiro deles, dizia, poderia representar uma injeção de recursos na atrasada economia de Portugal e poderia também subsidiar uma Companhia de Comércio do Brasil, similar às exitosas companhias batavas, que aliás operaram no Nordeste brasileiro. A Inquisição, porém, não estava para brincadeiras. Vieira foi preso e passou dois anos nos cárceres do Santo Ofício, em Coimbra.

Nascido em 1900, Gilberto Freyre escreveu aquela que é, segundo Darcy Ribeiro (ler o ensaio a respeito em *Gentidades*, recém-lançado pela sintética, sempre dialética e nunca apologética L&PM), a obra mais importante já produzida no Brasil: *Casa-grande & senzala*. Darcy elogia, porém não hesita em baixar a lenha no livro, para ele muito mais uma criação impressionista do autor do que uma pesquisa com rigor científico. Diferente de Vieira, Freyre é um entusiasta da contribuição negra à cultura brasileira: aos índios, ao contrário, torce o nariz: não trabalhavam porque não eram mesmo do batente — uns preguiçosos. Mas é na análise dos judeus que ele mais se diferencia de Vieira. Diz Darcy Ribeiro: "Do judeu, o retrato é caricatural e impiedoso. Assinala, primeiro, que a sanha antissemita dos lusitanos não seria racismo, mas simples intolerância em defesa da pureza da fé... A odiosidade ao semita viria da ojeriza ao agiota frio". E cita as próprias palavras de Freyre: "Técnicos da usura, tais se tornaram os judeus em quase toda parte por um excesso de especialização quase biológica, que lhes aguçando o perfil de ave de rapina, a mímica em constante gestos de aquisição e de posse, as mãos incapazes de semear e de criar". Nem Hitler escreveria melhor.

A verdade é que temos, em ambos os casos, preconceito. O de Gilberto Freyre é inegavelmente pior — além de absurdamente errado e anticientífico. "Especialização quase biológica" remete, pura e simplesmente, ao conceito de raça no que este tem de pior: a usura não apenas estaria no sangue, ela se expressaria no corpo. Trata-se, além do mais, de uma distorção histórica. Os judeus não chegaram à usura, foram a ela condenados. Impedidos de ter ou de trabalhar a terra, impedidos de exercer uma série de profissões, sobrava-lhes aquilo que o feudalismo aristocraticamente (e religiosamente) condenava, mas do qual precisava desesperadamente: a operação financeira. Para o senhor feudal, nada melhor do que confiar o dinheiro a mãos judaicas: aos judeus recorria para obter o financiamento de bens luxuosos e de expedições guerreiras; mas se não podia, ou se não queria pagar a dívida, tudo o que tinha de fazer era massacrar o credor: simples e engenhoso. Quando, ao final da Idade Média, surgiu o banco, os primeiros banqueiros — por exemplo, os Fugger, na Alemanha — não eram judeus. Não precisavam de especialização quase biológica.

No mesmo erro Vieira também incidiu, mas por generosidade. De qualquer modo, fica clara a sua notável visão. Ele previu que, sem investimentos, Portugal ficaria marginalizado no novo cenário econômico, caracterizado pela ascensão da burguesia. Não deu outra. Depois de se afirmar como notável potência marítima, o país entrou em declínio. Um novo modernizador só surgiria com o marquês de Pombal, que deu um golpe de morte na Inquisição, ao declarar a igualdade entre cristãos-novos e cristãos-velhos.

Às vésperas do quinto centenário da descoberta, é bom lembrar esses vultos — seus acertos e seus erros, sobretudo estes últimos. Por eles o Brasil continua pagando um preço demasiadamente alto.

Oriente Médio: linhas e entrelinhas

[12/08/1997]

Netanyahu assumiu prometendo paz com segurança. Em relação à paz logo ficou claro que a sua colaboração seria duvidosa, para dizer o mínimo. Em relação à segurança, o último atentado mostra: as coisas continuam iguais no Oriente Médio. Mas em meio às notícias alarmantes há uma notinha, quase nas entrelinhas das notícias, que faz pensar. Como é costume após os atentados, Israel fechou o acesso às regiões autônomas palestinas. O que provocou queixas: uma delas, partindo das grávidas, que se viam ameaçadas de ir a hospitais. Vários deles situados em território israelense.

O que pode parecer surpreendente. Quando, em 1970, fui a Israel pela primeira vez — para fazer um curso de saúde pública — visitei vários hospitais. E ali estavam, lado a lado, nas camas das enfermarias, pacientes israelenses e pacientes palestinos. Dias ou semanas depois talvez estivessem trocando golpes ou tiros, mas no momento ambos partilhavam o mesmo espaço, os mesmos cuidados.

A história do Oriente Médio tem linhas e entrelinhas. As

linhas, nós as lemos todos os dias nos jornais: os atentados, as expulsões, as prisões. As entrelinhas são escritas mais lentamente e nem sempre são de imediato legíveis. Há quanto tempo a palavra "palestino" passou a figurar na imprensa israelense? Naquele ano de 1970 Golda Meir declarou: "Palestino não existe. Existem árabes". Mas os palestinos passaram a existir. Trata-se de um grupo que, bem ou mal, assumiu uma identidade própria.

Em 1970 as lideranças dos países árabes da região diziam: "Vamos jogar os judeus no mar". Agora, Israel é um interlocutor obrigatório. Seja porque é uma potência tecnológica e militar, seja por ter atrás de si os Estados Unidos, o fato é que o país — bem ou mal — impôs sua existência. "Jogar os judeus no mar" é uma expressão abandonada.

No Oriente Médio os fanáticos, de ambos os lados, estão nas linhas. Mas nas entrelinhas estão as pessoas comuns, as pessoas de bom senso, as pessoas que trabalham, que têm filhos. Se dependesse dessas pessoas, a paz já teria sido alcançada. É uma corrida contra o tempo. O fanatismo aposta na violência. Mas se o progresso econômico e social superar as arcaicas estruturas da região, o conflito atual pode se reduzir a uma tolerável briga entre vizinhos. E aí a região passará das linhas para as entrelinhas.

Médicos e monstros

[20/08/1997]

Sentenças judiciais nem sempre têm sido muito felizes no que diz respeito aos direitos humanos, mas este 20 de agosto marca o quinquagésimo aniversário de uma decisão jurídica que se tornaria um marco não apenas na história da justiça como na da ética médica. Naquela data o Tribunal de Nuremberg condenou 23 médicos nazistas por participação em atividades de genocídio.

O número não chega a ser impressionante. E os réus eram, na verdade, figuras secundárias. Ali não estava, por exemplo, Adolf Eichmann, que injetava corante nos olhos de crianças para torná-los arianamente azuis, ou que matou uma criança com suas próprias mãos para confirmar o diagnóstico da tuberculose, posto em dúvida por colegas. Como outros, ele tinha escapado — para ser alcançado depois pelo longo braço da justiça israelense.

Importante, contudo, foi a sentença. Porque, anexo a ela, estava um documento que depois se tornaria conhecido como o Código de Nuremberg. Em sua defesa, os médicos nazis haviam alegado que estavam agindo em nome da ciência; para evitar que essa afrontosa alegação servisse de desculpa em crimes posteriores, o Código de Nuremberg estabeleceu vários princípios. Que hoje nos parecem óbvios: um experimento médico só pode ser feito com o consentimento da pessoa; deve proporcionar resultados que beneficiem a humanidade; deve evitar qualquer sofrimento. Que os doutores nazistas tenham violado princípios tão básicos mostra a que ponto chegaram em sua degradação. Mas não só eles, obviamente; em Tuskegee, no Alabama, médicos deixaram de usar a penicilina em pacientes negros com sífilis para observar como evoluiria a doença não tratada (um conhecimento, diga-se de passagem, há muito registrado nos manuais clínicos).

Robert Louis Stevenson criou as figuras de Dr. Jekyll e Mr. Hyde, o médico e o monstro, para simbolizar o antagonismo entre o bem e o mal. Nos doutores nazistas esse antagonismo desapareceu: eram médicos e eram monstros. Diante da enorme quantidade de pessoas indefesas, a medicina optou pela extrema crueldade das experiências sem sentido, da tortura impiedosa, das câmaras de gás. Uma experiência que os médicos da ditadura, por exemplo, herdaram e que praticaram — inclusive aqui no Brasil — até há muito pouco tempo.

Cinquenta anos depois da sentença do Tribunal de Nuremberg é necessário lembrar, ainda uma vez, que a medicina surgiu, única e exclusivamente, para ajudar o ser humano. Qualquer ser humano.

Israel transforma lenda em realidade

[29/08/1997]

"Se quiserdes, não será uma lenda." As palavras de Theodor Herzl (1860-1904) no I Congresso Sionista, reunido em 29 de agosto de 1897 na Basileia (norte da Suíça, a mesma Suíça em cujos bancos, ironicamente, o dinheiro roubado pelos nazistas aos judeus encontraria discreto abrigo), tiveram significado profético: em realidade antecipavam o surgimento de Israel, o Estado que transformaria em realidade uma lenda.

Na trajetória judaica e antes mesmo da cruel derrota imposta pelos romanos, a Diáspora era uma constante. Claro que não foram os judeus os únicos a deixarem sua terra ou a dela serem expulsos. O mesmo aconteceu, por exemplo, com os armênios. Mas a dispersão judaica era diferente por duas razões. Primeiro, pelo componente religioso, espiritual, remetendo à visceral ligação dos judeus com a Terra Prometida. E há também o fator histórico. A maior parte do período da Diáspora correspondeu à Idade Média. Na sociedade medieval um lugar foi reservado aos judeus: o de intermediários, de usurários, ocupações que estavam proibidas aos cristãos, mas que nem por isso deixavam de ser necessárias. Se o dinheiro era algo impuro, nada melhor do que confiá-lo a um grupo marginal, passível de expropriação e de extermínio quando tal se fizesse conveniente. Discriminados, confinados em guetos, os judeus tinham poucas possibilidades de aspirar a um destino melhor. Aos poucos, o sonho de voltar a Sion se transformou na lenda de que falava Herzl. Mais: numa utopia milenarista. Os judeus regressariam à sua terra quando o Messias chegasse.

No final da Idade Média e começo da Idade Moderna foram numerosos os falsos messias, líderes carismáticos e/ou perturbados, que se propunham a levar os judeus de volta à sua terra. Entra Herzl, e entra sem querer. Jornalista vienense, judeu assimilado, ele tomou consciência da sua condição judaica ao cobrir o infame affaire Dreyfus, no qual um oficial do Exército francês foi acusado, por razões claramente antissemitas, de traição. A partir daí devotaria sua vida a uma única causa, a criação de um Estado judaico. "Em cinquenta anos minha ideia será reconhecida." Acertou em cheio.

Qual a diferença entre um visionário e um homem de visão? Este último sabe interpretar, ainda que intuitivamente, os movimentos sociais e políticos de seu tempo. O Congresso Sionista surgia na esteira do nacionalismo que galvanizou a Europa no século XIX, motivando a criação das nações-Estado tais como as conhecemos. Além disso, ia ao encontro das aspirações de justiça social que também emergiam então. Mas Herzl não era um Garibaldi ou um Lênin. Inexperiente em política, sua estratégia consistia em convencer pessoas importantes, de políticos até o papa, a pressionar a Turquia, cujo império incluía a antiga Palestina, a entregar esse território para que nele fosse fundado o novo Estado. Quando não o conseguiu, passou a admitir outras possibilidades: por exemplo, um Estado judaico em... Uganda, desde que o Império Britânico o consentisse.

O movimento sionista enfrentou forte oposição, inclusive dentro do judaísmo. Os judeus assimilados não queriam ouvir falar no assunto. Os religiosos diziam que a volta a Israel só seria possível com a chegada do Messias.

Os judeus revolucionários, radicais, opunham-se à ideia em nome do internacionalismo comunista. Quem de fato levou o sionismo à prática foram os movimentos socialistas judaicos. Ao invés de frequentar gabinetes dos mandatários, eles optaram pela ação prática; colônias coletivas, semelhantes aos kolkhozy soviéticos, foram surgindo em toda a região e elas se constituíram na vanguarda do novo Estado.

Que nasceu em meio a problemas. A região não era desabitada; ali agora vivia uma grande população árabe, que breve mostraria sua desconformidade com a presença dos recém-chegados, com quem pouco tinham em comum. Os ingleses, que haviam arrebatado o Oriente Médio ao Império Turco, não estavam muito dispostos a comprar essa briga e fizeram o possível para limitar a emigração judaica.

Com a Segunda Guerra Mundial, e o Holocausto, a causa sionista ganhou dramática legitimidade, reforçada pelo fim do colonialismo, que permitiu o surgimento dos novos países, como a Índia e as repúblicas africanas. Em novembro de 1947 a Assembleia Geral da Organização das Nações Unidas (ONU), presidida por Oswaldo Aranha, aprovou a criação de dois Estados, um árabe e um judaico. Com o que não se conformaram os países árabes.

Vendo no fato uma interferência indébita das potências europeias e dos Estados Unidos, desencadearam uma agressão armada contra o novo Estado, que foi derrotada, como em fragorosa derrota terminou a Guerra dos Seis Dias, de 1967. O triunfo militar e o fantástico progresso tecnológico não diminuíram o isolamento de Israel. A União Soviética, que apoiara a criação do

Estado em 1948, optou pelo apoio aos países árabes — mais populosos, mais ricos e grandes compradores de armas. Graças a isso a ONU aprovou uma resolução, mais tarde revogada, igualando sionismo a racismo.

Criado o Estado de Israel, o movimento migratório continuou: judeus dos países árabes, judeus refugiados das ditaduras latino-americanas, judeus negros da Etiópia e, mais recentemente, judeus da ex-União Soviética e dos países comunistas (às vezes não judeus também; se, para Henrique IV, Paris valia uma missa, para alguns fugitivos da ruína soviética o asilo bem valia uma circuncisão). Foi um notável empreendimento de absorção social que deu a milhões de pessoas um novo sentido em sua existência. Agora, porém, esse movimento começa a diminuir. O antissemitismo aparentemente está em declínio; quando se manifesta, é de forma grotesca — vide neonazistas — ou sutil demais para se constituir em ameaça. O problema de Israel agora é outro, é conviver em paz com seus vizinhos. O "sionismo" palestino tornou-se uma realidade, revivendo, paradoxalmente, o plano de 1947.

O problema é que o Oriente Médio mudou e conciliar todas as reivindicações não será fácil, principalmente porque existe um complicador que é o fundamentalismo — árabe e judaico — a armar fanáticos. A ideia do sionismo, que é parte geral da ideia da emancipação humana, é uma ideia generosa. Como em toda ideia generosa, porém, o que atrapalham são os problemáticos detalhes. A federação de países livres e soberanos no Oriente Médio, imaginada por Yitzhak Rabin, seria a grande solução. A ela se aplicaria a frase de Herzl: "Se quiserdes, não será uma lenda".

Gesto de grandeza

[02/10/1997]

O timing não poderia ser mais significativo: às vésperas do Ano-Novo judaico, a Igreja católica francesa pediu perdão a Deus e ao povo judeu por seu silêncio diante da deportação de judeus e oposicionistas para Auschwitz. Chega assim a seu término uma longa e amarga polêmica. Apesar de um heroico movimento de resistência à ocupação, não foram poucos aqueles que, claramente ou tacitamente, apoiaram o governo pró-nazista de Vichy. Durante muito tempo, essa situação foi tratada como sujeira escondida sob o tapete: estava lá, mas era como se não estivesse. O público reconhecimento, feito pelo bispo de Saint-Denis, Olivier de Berranger, diante de Jean-Marie Lustiger, arcebispo de Paris e judeu convertido (cuja mãe morreu em Auschwitz), reveste-se de profunda significação. Cinquenta anos após o fim da Segunda Guerra, o tema dos crimes nazistas parecia condenado ao olvido. A Igreja mostrou que essas coisas não podem ficar limitadas por datas redondas. Que os sobreviventes estejam aos poucos desaparecendo nada quer dizer; não se trata de um julgamento da memória, trata-se de um julgamento da História. Testemunho de

134

História será também o templo católico construído próximo a Auschwitz, com pedras retiradas do "muro da morte", utilizado pelos nazistas para fuzilamento de suas vítimas. Na consagração da igreja, judeus e católicos rezarão juntos — o que completa o gesto da Igreja francesa.

Lembrar o Holocausto não significa necessariamente apontar o dedo acusador para prováveis culpados. O Holocausto precisa ser recordado também pela advertência que representa. A intolerância está muito presente em nosso mundo: a intolerância dos movimentos neoarianos na Europa e nos Estados Unidos, a intolerância dos fundamentalistas de todas as religiões. A intolerância é o primeiro passo para o extermínio. Deve ser combatida para que no futuro a humanidade não tenha de se penitenciar de seus erros.

"Precisamos de paz para nossa prosperidade cultural"

[29/11/1997]

Em *The Silver Blaze* [*O Estrela de Prata*], Sherlock Holmes comenta com Watson acerca do "curioso incidente ocorrido com o cão à noite". Mas o cão não fez nada, protesta Watson. Pois esse é o curioso incidente, replica Holmes. Ou seja: o cão deveria ter latido, mas não o fez, e este é o ponto de partida para o esclarecimento da intriga que desafia o detetive.

Lembrei-me desse diálogo ao ler o romance de Amós Oz, *Não diga noite*. Nascido em 1939, em Jerusalém, Amós Oz é certamente o mais conhecido dos modernos ficcionistas israelenses. Seus livros estão traduzidos em numerosos idiomas; só a Companhia das Letras publicou quatro deles. *Não diga noite* é, vamos deixar logo claro, uma bela obra, o trabalho de um escritor que domina à perfeição a técnica do romance.

O que há, então, de curioso no livro? Antes de mais nada, é preciso dizer que Amós Oz não é apenas um romancista de méritos. É também um intelectual atuante. Criado num kibutz, uma colônia socialista israelense, ele é conhecido como um ardoroso defensor das causas progressistas e um batalhador pela paz no Oriente Médio. Seus artigos a respeito têm sido amplamente divulgados na imprensa mundial. Agora, quanto ao livro: ele surpreende. Em primeiro lugar, pelo cenário. Não se passa no kibutz, nem na dramática Jerusalém ou na agitada Tel Aviv. Não, Amóz Oz optou por uma pequena cidade no deserto, a ficcional Tel Keidar, certamente calcada em Arad, onde atualmente vive. Estive uma vez em Arad, que lembro como um lugar isolado, entre rochas e areia. Lembro-me de que na ocasião contei a um americano, ex-morador de Arad, que tinha passado por sua cidade e ele replicou: "É a melhor coisa que se pode fazer: passar por lá — sem ficar".

À aridez do lugar corresponde a secura da história. Há dois personagens principais, Teo e Noa, ele planejador urbano, ela professora. Ambos de meia-idade, estão juntos há sete anos, e a relação começa a azedar. O clima é de tédio, coisa que o autor enfatiza descrevendo minuciosamente as atividades domésticas, como o preparo da comida. Mas Noa ao menos tem uma causa: ela quer estabelecer na cidade uma clínica para toxicômanos. Conta para isso com o auxílio do pai de um rapaz falecido de overdose. Outros personagens vão surgindo e ao final temos o quadro do que é a vida numa pequena cidade israelense. Porém, à medida que vamos avançando na bem urdida narrativa — que tem toques de originalidade, pois o foco narrativo muda de Teo para Noa —, vamos também nos inquietando. E a pergunta que imediatamente nos ocorre é: mas onde estão os grandes problemas, os grandes conflitos e também as grandes realizações que colocaram Israel no noticiário dos jornais? Onde está o kibutz — e a crise do kibutz? Onde está o conflito do Oriente Médio, onde está o terrorismo? Onde está a síntese de culturas que tornou famosa a experiência israelense — e onde está o choque dessas culturas?

Pois este é o "curioso incidente" de que falava Holmes. *Não diga noite* é uma obra contida — minimalista, até. Não ocorre nada espetacular, nenhum atentado terrorista abala a cidade; e os personagens também não fazem os discursos que se poderia esperar. E então nos damos conta de que é exatamente isso o que Amós Oz nos quer dizer. Ele nos fala de um outro Israel. Não é o Israel estereotipado, não é o Israel das manchetes. É o Israel do dia a dia banal, comum. É o Israel das entrelinhas.

Na verdade, alguns fatos da recente história israelense aparecem na narrativa. Por exemplo, o sequestro do avião da Olympic Airways. Também a questão da paz é mencionada. Tudo isso, porém, en passant. À espetaculosidade midiática Amós Oz contrapõe o prosaico cotidiano. E, ao fazê-lo, deixa no ar uma pergunta: onde estão os ideais que animaram os primeiros imigrantes na antiga Palestina, aqueles pioneiros que viviam em comunas, que viam no trabalho uma forma de redenção histórica? Uma indagação que poderia ser formulada de outra forma: onde está a utopia que Israel herdou dos profetas bíblicos?

As mudas indagações de Amós Oz têm transcendental importância. Hoje, 29 de novembro, faz cinquenta anos a partilha da Palestina pela ONU, uma decisão que possibilitou, no ano seguinte, a criação do Estado de Israel. Que chegará a seu quinquagésimo aniversário como um país consolidado, uma pequena potência em termos econômicos, tecnológicos, militares. As ameaças são constantes, mas Israel as tem enfrentado com sucesso — a lembrança do memorável triunfo na Guerra dos Seis Dias ainda está na memória de todos. Essa é a jornada que está sendo escrita, em letras garrafais, em muitas linhas do Livro da História. A pergunta de Amós Oz é: e o que está sendo escrito nas entrelinhas?

Os estranhos caminhos da história

[30/11/1997]

Em 29 de novembro de 1947, a Assembleia Geral da ONU examinou um plano de partilha da Palestina — até então sob domínio britânico — em dois Estados, um judeu, outro árabe. Submetido o projeto à votação, a aprovação foi maciça. A milenar aspiração judaica à terra onde nasceu sua identidade como povo via-se justificada pelo brutal sacrifício representado pelo Holocausto nazista; até mesmo União Soviética e Estados Unidos, inimigos viscerais, uniram-se no voto a favor. Os países árabes viram na decisão uma interferência numa região que consideravam sua; o resultado foi uma guerra, a primeira das guerras da qual Israel saiu não apenas consolidado, mas com seu território aumentado. Hoje existe de novo a possibilidade de dois Estados. Muito sofrimento poderia ter sido evitado se a racionalidade prevalecesse em 1947. Mas não é assim que caminha a humanidade. Ela prefere estranhos sendeiros.

E é aí que entra uma história paralela. A Assembleia Geral, na ocasião, era presidida por um representante do Brasil — o gaúcho Oswaldo Aranha. Que ficou, portanto, associado à criação do Estado de Israel, e tornou-se um ídolo da comunidade judaica. Muita gente pensa que a principal avenida do bairro Bom Fim recebeu o nome de Oswaldo Aranha em homenagem ao chanceler. Não foi assim, mas de qualquer modo trata-se de uma coincidência chamativa.

Durante muitos anos prosseguiram as homenagens a Oswaldo Aranha. E então entra em cena Anita Novinsky. Titular do Departamento de História na USP, a destemida professora Novinsky jamais vacilou ante temas perturbadores. Coube a ela trazer ao debate público um assunto que, no Brasil, sempre foi embaraçoso, para dizer o mínimo: o papel da Inquisição. Eu mesmo participei de um congresso que ela organizou e me lembro de fisionomias contrafeitas e depoimentos constrangidos. Pois uma assistente de Anita Novinsky, a professora Maria Tucci Carneiro, trouxe à baila uma questão igualmente delicada: o papel do governo Vargas à época da Segunda Guerra. Revelou a existência de uma portaria secreta do Itamaraty, proibindo a entrada dos chamados "elementos semitas" que fugiam do nazismo. Tal proibição equivalia, em muitos casos, a uma sentença de morte: voltando, as pobres criaturas iam direto para os campos de extermínio. O Brasil não foi o único país a proibir a entrada de refugiados — os Estados Unidos fizeram o mesmo — nem este foi o derradeiro episódio de uma história sombria: basta ver o tratamento que os europeus dão aos emigrantes árabes. Mas a notícia foi um anticlímax e deixou muita gente perplexa, quando não consternada. Um novo estudo foi feito pelo professor Jeff Lesser, atualmente na Brown University. Ele teve acesso aos arquivos secretos do Itamaraty e sua conclusão foi um pouco diferente. A portaria existia, sim, e sua aplicação era zelosamente vigiada por antissemitas do segundo escalão, mas, como muitas vezes sucedeu no Brasil, aplicava-se o método de "aos inimigos a lei, aos amigos, a compreensão". Muita gente conseguiu escapar ao Holocausto graças ao proverbial jeitinho. O escritor Guimarães Rosa, à época cônsul em Hamburgo, salvou vários. O próprio Oswaldo Aranha, dizem, ajudou na admissão de refugiados.

As ironias da História. Às vezes, elas mostram o nosso lado irracional. Outras vezes, dão prova de nossa compaixão. Sempre mostram que, ao fim e ao cabo, somos apenas imperfeitos seres humanos.

O difícil caminho do entendimento

[08/04/1998]

O Oriente Médio não é exatamente o habitat mais acolhedor para a pomba da paz, que lá corre o risco de virar galeto de um minuto para o outro. Mesmo assim, há sinais pequenos, mas animadores, de que algo de racionalidade pode, afinal, emergir na região.

A televisão estatal israelense está levando ao ar uma série chamada *Tkumah* (Renascimento), que evoca os primeiros cinquenta anos de história do país — e, pela primeira vez, mostra, num episódio chamado "Biladi, biladi" (Minha terra, minha terra, em árabe) como os palestinos viram a criação de Israel, usando inclusive imagens da Organização para a Libertação da Palestina (OLP). Ou seja: o "outro lado" está tendo vez.

Dentro do mesmo contexto, a televisão israelense está colaborando com a televisão palestina para uma adaptação de Sesame Street. Os preparativos levaram dois anos — discutiu-se até o uso do termo "Palestina", mas a série vai mostrar israelenses e palestinos convivendo.

Engenheiros palestinos — egressos da fundamentalista universidade de Birzeit — foram contratados para trabalhar numa fábrica da Siemens na cidade israelense de Karmiel. Houve dificuldade inclusive para hospedar os engenheiros. Os árabes israelenses não os queriam, mas finalmente um israelense de origem tunisiana os acolheu.

Amós Oz, escritor israelense conhecido por seu empenho na causa da paz e que recentemente visitou o Brasil (dando uma entrevista ao *ZH*), recebeu o prestigiadíssimo Prêmio Israel, pelo conjunto de sua obra. Os fundamentalistas, que conseguem até brigar com a comunidade judaica americana, protestaram, mas o apoio que Oz recebeu foi maciço.

Finalmente, o governo israelense anuncia a disposição de deixar o sul do Líbano, que ocupa há anos. Mais importante: quem tomou a iniciativa foi o linha-duríssima Ariel (Arik) Sharon, exatamente o comandante da invasão. Às vezes são os extremistas que, surpreendentemente, dão o primeiro passo para a paz.

Foi o direitista Nixon quem se aproximou da China comunista. Foi o direitista Menachem Begin quem se aproximou do Egito de Anwar Sadat. Será que esses exemplos inspirarão o governo de Benjamin Netanyahu? O futuro dirá. O certo é que, em termos de Oriente Médio, o imprevisível é a regra. O que se constitui em esperança, ainda que débil, para a pomba da paz.

Uma cálida noite de outono de 48

[30/04/1998]

Se bem me lembro, e acho que bem me lembro, era uma cálida noite de outono, aquela. Eu caminhava, meio distraído, pela rua João Telles, quando ouvi, pelas janelas abertas, gritos de júbilo. Não me dei conta de imediato do motivo da celebração; foi só no dia seguinte, acho, que fiquei sabendo: o Estado de Israel havia sido proclamado. O Bom Fim não era exatamente a caixa de ressonância para um acontecimento que marcaria nosso século, entre outras razões porque a pequena comunidade judaica vivia muito voltada para si própria. Não recordo de ter ouvido alguém falar sobre o Holocausto; é certo que às vezes os adultos, olhos vermelhos de pranto, cochichavam entre si, mas aparentemente só com os anos é que as pessoas se deram conta da magnitude da tragédia.

Mas com o correr dos dias o orgulho foi se apossando de todos. A metamorfose era visível; a emoção se apossava dos judeus, uma emoção nova: o orgulho, nascido da dignidade recuperada. Já não se tratava de um grupo humano perseguido e humilhado, ameaçado pelas fogueiras da Inquisição, pelos pogroms e pelos fornos crematórios. Israel surgia no horizonte judaico como um farol luminoso em meio à noite sombria. Mesmo essa sensação, contudo, era marcada pela incerteza: a guerra havia começado de imediato e o novo Estado parecia desamparado diante de seus poderosos vizinhos. Dia a dia acompanhávamos o conflito pelo rádio e pelos jornais e lembro a apreensão com que li a notícia sobre o envio de armas tchecas a Israel. O apoio comunista, não seria aquilo contraproducente? Uma questão que, como muitas outras, foi engolida pela História: a guerra terminou, os países comunistas deixaram de apoiar Israel e passaram a atacá-lo, e um dia deixaram de ser comunistas. Israel venceu seus vizinhos de novo em 1967, obteve territórios, mas não a paz, que continua sendo, como era em 1948, o grande objetivo a ser alcançado.

O kibutz, que para nós, jovens, significava a materialização da utopia socialista, teve seu apogeu e entrou em crise. Em compensação, a ortodoxia religiosa, que antes era mais objeto de curiosidade que qualquer outra coisa, hoje é força política importante. O trabalho na terra, visto pelos pioneiros como a forma de redenção de um povo anômalo, perdeu em importância para a indústria ultrassofisticada; a exportação da tecnologia é fonte de uma riqueza que elevou o PIB per capita de Israel a 17 mil dólares.

Cinquenta anos depois recordo com saudade o garotinho que caminhava pela rua João Telles. Para onde ia eu, mesmo? Para casa. Em maio de 1948 o povo judeu passou a ter casa. Muitas casas: em Israel, nos Estados Unidos, na Europa, em Porto Alegre. O mundo deixou para nós de ser estranho e hostil. Em maio de 1948 o judaísmo renasceu das cinzas. Para refazer a sua casa.

As múltiplas linguagens da literatura judaica

[09/05/1998]

Num encontro com escritores judeus de vários países, reunidos em Israel, o conhecido romancista A. B. Yehoshua declarou peremptoriamente: "A literatura judaica é a literatura israelense". Com isso, excluía da literatura judaica nomes como Saul Bellow, Philip Roth e mesmo Isaac Bashevis Singer. A afirmativa, como é fácil imaginar, causou polêmica — apenas uma a mais entre as muitas que tornam a vida judaica qualquer coisa, menos monótona.

Falar em judaísmo é falar em texto. Poucas culturas valorizam tanto a palavra escrita. Livro, para um judeu, é objeto de reverência. Isso não é de estranhar num grupo humano que teve na Bíblia — registro histórico, código de ética, e por último, mas não menos importante, narrativa poderosa — a primeira fonte de sua identidade. Mas essa referência comum não implica necessariamente uma literatura em comum. Com a dispersão, os destinos judaicos se multiplicaram, e também os costumes, os cenários, e até mesmo os idiomas: os judeus da Europa Oriental falavam o iídiche, uma mistura de alemão e hebraico, enquanto

146

aqueles que viviam na Espanha (e que depois se dispersaram pelos Bálcãs, pela Turquia e pelo norte da África) expressavam-se em ladino, uma espécie de espanhol arcaico. A partir do século XIX, movidos por um ideário político, judeus começaram a retornar à Palestina com o propósito de formar um Estado nacional.

Surgiu então um problema: que idioma terá o novo Estado? Depois de muita discussão, optou-se pelo hebraico — um critério sobretudo histórico. A escolha acarretou problemas, às vezes curiosos. A rigor, o hebraico sempre foi uma língua religiosa, litúrgica. O povo usava o aramaico — idioma no qual Cristo provavelmente pregou. A diferença seria mais ou menos aquela que separava o latim culto do latim vulgar, estando o último na origem da língua que falamos. Recuperar o hebraico não foi tarefa fácil: todos os termos criados pelo progresso científico e tecnológico tiveram de ser sintetizados. Mas já no século XIX havia surgido uma vigorosa literatura escrita nesse novo-velho idioma. Exemplo é a obra do poeta judeu-russo Chaim Nachman Bialik (1873-1934), autor do dilacerante "A cidade da matança", que descreve um pogrom, massacre de judeus.

Os primeiros poetas e escritores a viver no que é hoje o Estado de Israel eram, com frequência, pioneiros dos kibutzim, imbuídos do ideal socialista. É o caso dos poetas Avraham Shlonski, Natan Alterman e Lea Goldberg. Mas o grande nome do período pré-independência é o de S. Y. Agnon, o primeiro e único escritor hebreu a receber o Prêmio Nobel de literatura. Nascido na Europa Oriental, Agnon não perdeu de vista suas raízes. Falou da Palestina, sim, mas falou também do *shtetl*, a aldeia judaica à época do Império tsarista.

Com a proclamação do Estado de Israel, em 1948, surgiu a literatura israelense propriamente dita. É uma literatura vigorosa, inteiramente comprometida com a problemática do país. De que falam romancistas como Amós Oz (que recentemente esteve no

Brasil para lançar seu último livro, *Não diga noite*), A. B. Yehoshua e David Grossman? Falam do kibutz, falam da crise ideológica e política, falam da paz e da guerra. Aharon Appelfeld, outro notável escritor, é visto com certa impaciência pelos leitores jovens: sendo um sobrevivente de campos de concentração, seu tema é o Holocausto, que a nova geração vê como coisa do passado.

É uma literatura seca, tensa, a desses escritores. Não procurem nela o humor judaico de um Scholem Aleikhem, muito menos o de um Woody Allen. Humor não é um artigo facilmente disponível no Oriente Médio de hoje, onde conflito é o tema da vida. É uma atmosfera difícil de respirar, diz o poeta Yehuda Amichai em "Ecologia de Jerusalém":

O ar em Jerusalém está saturado de preces e sonhos.
Como o ar das cidades industriais, é difícil de respirar.
E de tempos em tempos um novo carregamento de História surge.

A ânsia pelo simples, pelos problemas que fazem o cotidiano de outros povos aparece no poema em prosa "Turistas", em que Amichai descreve o que lhe aconteceu depois de ir às compras em Jerusalém:

Uma vez eu estava sentado nos degraus perto da Cidadela de Davi com dois pesados cestos a meu lado. Um grupo de turistas estava ali, ao redor de seu guia, e eu me tornei ponto de referência: "Veem aquele homem com os cestos? Um pouco à direita de sua cabeça há um arco do período romano". Eu disse comigo: a redenção virá quando alguém disser a eles: "Veem aquele arco do período romano? Ele não tem nenhuma importância, mas ao lado está um homem que acabou de comprar frutas e verduras para sua família".

Os insólitos, comoventes, caminhos da paz

[09/08/1998]

Deu no jornal, claro que não com o destaque reservado aos atentados terroristas ou às intrigas políticas. Nem por isso a notícia é menos importante. Ao contrário. Mereceria até uma edição extra.

O palestino Farid Boadi, 36 anos, morreu num acidente de automóvel. Trágico mas previsível: o trânsito no Oriente Médio é tão complicado quanto a situação política da região. Em Israel, o número de mortes nas estradas é muito maior que o número de mortos por atentados. Surpreendente, e significativo, foi o que em seguida aconteceu. A família autorizou o transplante dos órgãos. Quatro israelenses, entre eles uma criança de oito anos, receberam os dois rins, o fígado, o coração.

Não é a primeira vez que a compaixão médica supera o amargo conflito entre árabes e israelenses. Quando estive em Israel, fazendo um curso de medicina comunitária, visitei vários hospitais em que estavam, lado a lado, nas enfermarias que eram então a regra, pacientes árabes e pacientes israelenses, tratados de maneira exatamente igual. Mais que isso, apesar do fechamento das fronteiras, numerosos eram os enfermos de países vizinhos que vinham consultar os profissionais de Israel, um lugar famoso pela quantidade e pela qualidade dos doutores.

Ou seja: quando é necessário, as pessoas se entendem. A linguagem da dor, do sofrimento, é uma linguagem universal e está acima do bate-boca político. No momento, o processo de paz na região está parado. E está parado porque interesses poderosos não querem que se mova. A pergunta é: não seria o caso de deixar falar as pessoas simples, as pessoas que acreditam na ajuda dos outros, as pessoas que colocam a boa-fé acima dos obstáculos? Não seria o caso de deixar falar a família de Farid Boadi e as famílias dos israelenses transplantados?

Talvez a paz não devesse ser negociada em gabinetes. Talvez o melhor lugar para chegar a um acordo seja uma enfermaria de hospital. A desconfiança também é uma doença. A desconfiança também pode ser tratada.

Um patriarca no deserto

[01/12/1998]

O ano era 1970. Junto com vários médicos latino-americanos eu fazia um curso de medicina comunitária em Israel; programa puxado, que incluía diversas viagens pelo país. Uma tarde estávamos num ônibus, voltando de uma visita a hospitais do sul, quando, de surpresa, o coordenador anunciou que faríamos uma parada no kibutz Sde Boker para visitar uma figura lendária: o ex-primeiro-ministro de Israel David Ben-Gurion, já retirado da vida pública. Chegamos ao kibutz, em pleno deserto do Neguev, e lá estava ele, um homenzinho baixo, atarracado, cabeleira branca, a esperar-nos diante de sua modesta casa. Vamos conversar, disse, e de imediato e com a maior simplicidade, sentou-se no gramado. Depois de alguma hesitação — alguns dos doutores ali eram muito cônscios de sua importância — nos sentamos também. O diálogo nada teve de especial, mas ficou-me a imagem de Ben-Gurion, ali sentado como um patriarca do deserto rodeado de discípulos.

David Ben-Gurion gostava de pensar em si próprio como um patriarca judaico. E tinha boas razões para isso. Nascido David Gruen (Polônia, 1886), muito cedo começou sua militância política na social-democracia judaica. Emigrou para a então Palestina em 1906, trabalhou na agricultura, ajudou a formar a Histadrut, a Confederação Geral do Trabalho israelense, da qual foi primeiro-secretário. Sua carreira política chegou ao auge em maio de 1948, quando, na qualidade de titular do governo provisório, e depois da partilha da Palestina pela ONU, proclamou o Estado de Israel. "Não sinto alegria", confidenciou a um amigo logo depois da cerimônia, "só uma terrível ansiedade." Com razão: de imediato, o novo Estado foi atacado pelas poderosas forças de seus vizinhos árabes. Ben-Gurion comandou, com sucesso, a resistência, mesmo porque tinha aprendido uma lição com o Holocausto: "Nosso crime foi a fraqueza. Desse crime, não seremos culpados de novo". Apesar disso, não era linha-dura, muito menos um belicista. Foi o primeiro a falar na fórmula "territórios pela paz", isso imediatamente após a Guerra dos Seis Dias, em 1967. "Não precisamos do Golan", disse, na ocasião. O altiplano do Golan é ainda hoje motivo de atrito entre Israel e Síria.

Não só nisso manifestou-se a heterodoxia de Ben-Gurion. Durante seu governo surgiu o famoso caso Shalit: o comandante Shalit, casado com uma não judia, queria que seu filho fosse reconhecido como judeu, ao que os religiosos se opunham, alegando que judeu é o que nasce de mãe judia. "Se um ser humano me diz que é judeu", declarou Ben-Gurion, "eu o aceito como judeu." E isso veio a acontecer com centenas de emigrantes vindos da Rússia, gente cuja única vinculação com o judaísmo era a identificação emocional.

Tais opiniões valeram-lhe muitos inimigos. Morreu em Sde Boker há exatos 25 anos, em 1º de dezembro de 1973. O patriarca do deserto cansara de lutar.

O triunfo da justiça

[14/05/1999]

Na antiguidade os governantes tinham nomes diversos: reis, príncipes, tiranos. Houve, contudo, uma interessante exceção: durante uma boa parte de sua história o povo judeu foi governado por juízes, homens cuja principal credencial para o poder era o senso de justiça. Essa tradição foi reafirmada no último dia 11, quando a Alta Corte de Justiça de Israel proibiu o governo de fechar, pelo menos por uma semana, três escritórios da Casa do Oriente, sede da Organização para a Libertação da Palestina na parte oriental de Jerusalém. O fechamento de tais sedes tinha provocado um conflito com os palestinos, que saíram à rua para protestar contra a medida que era, segundo o premiê Benjamin Netanyahu, uma questão de segurança. A oposição, por outro lado, via nisso uma manobra eleitoral, precedendo as eleições da semana próxima, para a qual o candidato trabalhista Ehud Barak é favorito.

A decisão da corte israelense é histórica. Mostra, em primeiro lugar, que em Israel a separação dos poderes é um fato e que a chamada doutrina de segurança nacional (tantas vezes usada no Brasil para justificar arbitrariedades da ditadura) lá não vigora. Mostra também que a justiça colocou-se acima de conflitos políticos, julgando a causa em si e não suas prováveis repercussões. Finalmente, fica claro que o destino de israelenses e palestinos está agora intimamente conectado. Arafat renunciou a proclamar um Estado independente por causa das eleições de Israel, nas quais os palestinos terão, aliás, uma força não desprezível. O velho líder já se deu conta de que as relações entre os dois grupos humanos têm uma lógica peculiar: primeiro, será preciso separá-los, para que as identidades se afirmem; mas depois a convivência, talvez sob a forma de federação preconizada por Shimon Peres, será inevitável. A alternativa para essa posição racional consiste em deixar o campo livre para os fundamentalismos de ambos os lados, com as consequências que já se podem imaginar. No caso palestino, isso significa intensificar o terrorismo, o que foi feito sob a forma dos atentados que precederam as eleições passadas e que deram a vitória a Netanyahu. Foi a versão local do "quanto pior, melhor".

No Oriente Médio, a margem para a racionalidade é muito estreita. A Alta Corte de Israel mostrou que, nessa estreita margem, é possível implantar o marco da Justiça. Os juízes bíblicos não fariam melhor.

E agora?

[18/05/1999]

Ao contrário do que costuma acontecer no Oriente Médio, a lógica dessa vez prevaleceu, e Ehud Barak venceu as eleições em Israel. Deu a lógica porque, diferentemente de outras ocasiões, os eleitores puderam tomar sua decisão num clima de inusitada tranquilidade. Não houve atentados terroristas (o que aliás pode ser um mérito de Netanyahu) e, mais que isso, Arafat adiou a decisão sobre a proclamação do Estado palestino. Assume agora um novo líder, um homem cuja trajetória reflete boa parte da história de Israel. Barak criou-se no kibutz, que foi por muito tempo a célula básica da sociedade israelense e um modelo de justiça social. Por outro lado, é um bravo militar, o mais condecorado de Israel — e conhecido como linha-dura, como aliás foi Yitzhak Rabin, seu mentor. Na sua própria formação encontram-se, pois, os elementos — solidariedade e segurança — que Israel vem tentando compor para obter uma fórmula de convivência interna e externa, para superar as dissensões existentes entre a própria população e para obter a paz com os palestinos.

O que vai acontecer agora? Talvez seja melhor começar

pelo que não vai acontecer. Em termos de paz, não acontecerá nenhum milagre. Mesmo com o resultado das eleições, israelenses e palestinos não andarão abraçados pela rua. São muitos anos de conflito para que a paz possa surgir como por passe de mágica. Mas poderá ser mais fácil com Barak, mesmo porque ele não precisa mostrar o músculo como prova de sua força.

As relações com os Estados Unidos, que são importantes para Israel, melhorarão, porque com Netanyahu e sua barulhenta coligação o diálogo era difícil. Alguns grupos de Israel, que tinham um poder desproporcional à sua representatividade (e ao bom senso), como é o caso dos religiosos ortodoxos, agora terão de se acalmar. E, por último, mas não menos importante, devem melhorar as relações com os palestinos. Um ponto crucial é a criação do Estado palestino, ao qual Barak não se opõe — mas a forma de convivência terá de ser cuidadosamente estabelecida. Dentro disso há um aspecto capaz de mobilizar emoções de forma incontrolável, que é Jerusalém, cuja situação é ultracomplexa, por causa dos aspectos religiosos e históricos. Em termos de história — e de religião —, o judaísmo chegou primeiro a Jerusalém, mas este não é um argumento aceito pacificamente. Pode-se, portanto, prever muito bate-boca e até violência.

Contudo, o conflito básico do Oriente Médio não é esse, é o choque entre fundamentalismo e a chamada modernidade, com todos os seus benefícios, mas também com suas distorções. Nesse conflito, os atuais governantes israelenses e palestinos estão do mesmo lado. Se o progresso econômico de Israel puder se espraiar (para usar um termo em voga) pela região e, principalmente, se proporcionar melhores condições de vida àquela população, em sua maioria ainda muito pobre, a paz receberá um notável impulso. O resultado das eleições israelenses representa, antes de mais nada, um voto de confiança nessa possibilidade.

Mensagem de paz

[29/03/2000]

Poucos acontecimentos internacionais despertaram tanta ansiedade quanto a visita do papa João Paulo II ao Oriente Médio. Numa região em que o terrorismo é parte do cotidiano, podia-se esperar o pior; e cenas preliminares — o protesto dos fundamentalistas judeus — pareciam confirmar tais temores. Mas o pior não aconteceu. Ao contrário: a trajetória do papa por vários lugares sagrados encerrou-se com um saldo positivo, um saldo que é uma verdadeira mensagem de paz. E que dá testemunho de uma habilidade raramente demonstrada por chefes de Estado, e que ficou ainda mais eloquente quando se considera a frágil e trêmula figura do pontífice.

O papa não foi inócuo. Fez declarações até ousadas, mas nem por isso menos pertinentes. Acertou no que disse — e no que não disse. Conseguiu realizar uma missão quase impossível, contentando todos os lados, dentro do limite razoável. Defendeu a criação do Estado palestino, o que ainda encontra resistências fortes em Israel — mas que, sabe-se, é a conclusão lógica do processo de paz — e estava, afinal, previsto na partilha realizada pela ONU em 1947. Mas, em contrapartida, o sumo pontífice não falou na internacionalização de Jerusalém. Tema explosivo, sem falar no inusitado que envolve: afinal não existe, neste nosso mundo, nenhuma cidade internacional. Cidade sagrada? Certamente. Mas também, e aí está o fator complicador, capital histórica de um povo. Um povo que agora tem seu Estado. Aliás, a viagem de João Paulo II teve também este aspecto: foi mais uma demonstração, agora concreta, visível, do reconhecimento de Israel pelo Vaticano.

O papa abordou, ainda uma vez, o tema do Holocausto, com o destemor de sempre e com a emoção adicional do cenário: o pronunciamento foi feito no Yad Vashem, o sombrio memorial das vítimas do nazismo. Mas o papa evitou falar no caso de Pio XII, cujo papel na Segunda Guerra tem sido tão — para dizer o mínimo — discutido. É uma controvérsia acesa: só nos últimos meses, apareceram cinco livros sobre o assunto, um deles (de John Cornwell) intitulado *O papa de Hitler*. João Paulo II não tinha — naquele momento, ao menos — por que comprar a briga desencadeada pela proposta de canonização de Eugenio Pacelli. E não o fez.

A questão da paz no Oriente Médio remete a uma queda de braço entre realistas e fanáticos, entre o bom senso e a fúria desenfreada. Durante décadas, a balança tem pendido ora para um lado, ora para o outro, mas, nos últimos anos, os partidários da paz têm tido sucesso em estabelecer um diálogo, verdade que ainda precário. A esse diálogo o papa João Paulo II juntou sua voz. Uma voz que soa fraca no microfone, mas que ecoará poderosamente nos corações e nas mentes das pessoas que lá vivem.

Romeu e Julieta 2001

[provavelmente 2001]

A história não é segredo. Foi narrada na imprensa por um dos protagonistas, um jornalista israelense. Esse homem estava tendo um caso com uma moça palestina. Inverossímil? Nem tanto. A verdade é que israelenses e palestinos convivem, ou conviviam, mais do que se pensa; surgem amizades, surgem namoros. Mas nem todas as histórias de amor dão certo e lá pelas tantas o homem resolveu terminar a relação. Quando ele anunciou a decisão, a moça começou a chorar desabaladamente. Consternado, ele tentou consolá-la: ela era jovem, bonita, sem dúvida encontraria alguém. Mas não é por isso que estou chorando, foi a resposta. Encarou-o e disse:

— É porque vocês têm tudo e nós não temos nada.

Nessa frase, mais do que em análises políticas ou em bombásticas declarações, está a chave do conflito do Oriente Médio. Não apenas na frase, como sobretudo na maneira que ela surgiu. Antes era o "eu" e o "tu", os pronomes básicos de nossa existência, como observou o filósofo Martin Buber. Buber, aliás, emigrou para Israel, onde tornou-se um ardente defensor da causa pacifista, mas isso agora não vem ao caso. O que vem ao caso é que antes os dois eram "eu" e "tu"; a ligação termina, e surge o "nós" e o "vocês", em se tratando de israelenses e palestinos, é a etnia ou a religião. Errado. Etnicamente, israelenses e palestinos são mais parecidos do que diferentes. Quanto à religião, pode realmente se transformar numa bandeira de ódio, num pretexto para a luta entre fiéis e infiéis, num "crê ou morre". Mas isso não é uma regra. Protestantes e católicos brigam na Irlanda, mas não em Nova York. Cristãos e muçulmanos se mataram na época das Cruzadas e ainda se matam em algumas regiões, mas isso não acontece na Inglaterra. Qual é a maior diferença entre israelenses e palestinos, então? A resposta está em duas cifras: 16 mil e 400.

O que são esses números? São a renda per capita dos dois povos. Ou seja, os israelenses ganham, em média, quarenta vezes mais do que os palestinos. Era a isso basicamente que a moça aludia com o "vocês têm tudo, nós não temos nada". Não apenas os palestinos são pobres, como 80% de sua economia depende de Israel.

Que hoje é Primeiro Mundo. Não o era, quando surgiu em 1948. Naquela época o país era basicamente um imenso acampamento de refugiados vindos dos campos de concentração nazistas. É verdade que Israel recebeu uma grande ajuda internacional: de comunidades judaicas e de governos. Mas dinheiro, por si só, nunca resolveu o problema da pobreza. Se não existe uma estrutura capaz de receber esse dinheiro e de aplicá-lo em projetos de desenvolvimento ele desaparece como água da chuva nas areias do deserto. Mas Israel tinha, sim, essa estrutura. Tinha empresas, tinha universidades, tinha os kibutzim, tinha uma sociedade organizada — e democrática. Como outros pequenos países, soube encontrar seu nicho num mercado globalizado e cada vez mais sofisticado.

É do historiador Isaac Deutscher a seguinte historinha. Um homem está no alto de um edifício em chamas. Em desespero, salta — mas não morre, porque cai em cima de outro que, em consequência disso, fica aleijado. O primeiro homem pede desculpas, mas o segundo não as aceita: quer vingança. Cada vez que se encontram surge uma briga e esse segundo homem acaba levando uma surra. O que só faz aumentar o seu ressentimento. Muitos alegariam que a historinha de Deutscher não reproduz exatamente a realidade: não foram os israelenses que tornaram os palestinos pobres. De há muito eles eram explorados pelos senhores feudais da região. Pode ser. O fato, porém, é que surgiu uma situação assimétrica, para dizer o mínimo.

Alguém dirá que situações assimétricas em nosso mundo são antes a regra que a exceção, e disso o Brasil é um exemplo gritante. As diferenças de renda aqui não raro ultrapassam aquela que existe entre israelenses e palestinos. Mas aqui ricos e pobres falam a mesma língua, teoricamente têm os mesmos direitos. O conflito se traduz em roubos, em assaltos, até em crime organizado, mas não em beligerância entre dois grupos humanos. E muito menos em equívocos históricos. Os países árabes não aceitaram a resolução da ONU de 1947, que criava dois Estados e que poderia ter sido a solução. Já líderes israelenses não aceitavam voltar às antigas fronteiras. Negavam, inclusive, a existência dos palestinos, que seriam árabes, como todos os outros árabes, algo equivalente a dizer que não existem chilenos e peruanos, é tudo latino-americano.

Depois que os erros surgem, eles tendem a se perpetuar, dando origem a novos erros. Estes, naquela região, já são incontáveis, e atendem pelo nome de represálias. Mas, perguntam-se as pessoas, perplexas, quem está fazendo represália a quem? Quem está agredindo, quem está se defendendo? "Nós" ou "eles"? Quem está com a razão no conflito palestino-israelense? A propósito, essa é a expressão adequada: não é conflito entre árabes e judeus, nem entre mulçumanos e judeus, nem entre israelenses e muçulmanos. Os israelenses são judeus, mas não só judeus. Os palestinos são muçulmanos, mas nem só muçulmanos. E muitos países árabes não têm conflito com Israel.

Ao longo destas décadas, não faltaram tentativas de paz. Não apenas os acordos de Oslo: pessoas de boa vontade, de parte a parte, criaram células de convivência. Há um apoio internacional à causa da paz, ainda que não tão decisivo como o Plano Marshall, aquele gigantesco aporte de recursos que ajudou a Europa a se pôr de pé após a Segunda Guerra. Mas a paz verdadeira nascerá quando a barreira riqueza-pobreza começar a ser demolida, isto é, quando os palestinos iniciarem o processo de desenvolvimento e quando não houver mais superposição entre diferenças étnicas e diferenças de renda. Um Estado é importante para isso, mas não é o fundamental. Na verdade, além de servir como estrutura econômica e política, o Estado terá o papel de restabelecer a dignidade dos palestinos — e permitir um relacionamento em novas bases. Como diz Shimon Peres, Estados tão pequenos só podem sobreviver numa federação. No caso, a federação tem de ser precedida pela autonomia.

Separar, para depois unir. Complicado? Mas quem disse que no Oriente Médio as coisas são simples?

Pensando bem, o título deste artigo talvez não seja adequado. A história de amor narrada no início não foi uma história de Romeu e Julieta. Ainda bem, porque a tragédia de Shakespeare termina com a morte dos enamorados. Mas seria melhor o final se os dois ficassem, pelo menos, amigos. Se não usassem tanto o "nós" e o "vocês".

Mandem o trem pagador

[12/04/2002]

As causas do conflito palestino-israelense são políticas, culturais, territoriais — mas são também, e isso é pouco mencionado, econômicas. A renda per capita israelense é de dez a quarenta vezes maior (os números variam) que a renda per capita palestina. Israel desenvolveu uma economia que, baseada num extraordinário desenvolvimento científico e tecnológico, revelou-se um sucesso. Sucesso que não chegou aos territórios palestinos, onde o nível de desemprego atinge 30%. Não é difícil induzir ao terrorismo um jovem que une ao fanatismo e à perturbação emocional a falta de perspectivas. E também fica claro, como mostrou o atentado em Haifa, que ações bélicas maciças dirigidas contra cidades muito pouco farão para extirpar as raízes do exterior.

A História ensina duas coisas. Primeiro, conflitos dessa natureza não são eternos: um dia, terminam. E terminam, esta é a segunda lição, com as mudanças socioeconômicas. No passado, não havia dia em que o IRA, Exército Republicano Irlandês, não cometesse um atentado. O que, na Irlanda próspera de hoje, já não acontece. O conflito entre negros e brancos nos Estados Unidos se atenuou consideravelmente com a emergência de uma classe média que conquistou seu espaço — Colin Powell é um exemplo. Algumas poucas e sensatas vozes têm falado de um Plano Marshall — aquele que ajudou a Europa destruída pela guerra a reerguer-se — para a Palestina. Verbas sem dúvida não faltariam, inclusive aquelas verbas que estão sendo gastas em armamentos. A indústria bélica reclamaria, mas não se pode contentar a todos.

Um plano desses só pode ser implementado na ausência de conflito armado, e é aí que a ONU poderia, finalmente, desempenhar seu papel, enviando uma força internacional de paz que não apenas separasse os beligerantes, como também agisse junto à autoridade palestina para evitar o terrorismo. É preciso ficar claro que o terrorismo é uma brutal violação do direito internacional e dos direitos humanos.

Uma vez houve (em Minas, acho) uma greve muito violenta de servidores, que reclamavam de salários atrasados. O governador perguntou ao prefeito se era para mandar um trem com as tropas. Não, foi a resposta, mande o trem pagador. O Oriente Médio precisa de um trem que pague as dívidas historicamente acumuladas naquela região.

Pequena serenata pela paz

[05/09/2002]

A história, até certo ponto surpreendente, está na revista *Time* desta semana. Uma nova orquestra jovem está sendo formada. Até aí, claro, nada de mais; jovens músicos com talento não são raros e juntá-los numa orquestra não é nada difícil, em qualquer parte do mundo. Mas a nova orquestra, com 78 músicos, tem uma característica importante e alentadora. Metade dos jovens são israelenses, a outra metade são árabes, procedentes de vários países.

A ideia nasceu de duas cabeças privilegiadas, aquelas do maestro e pianista israelense Daniel Barenboim e do intelectual palestino, radicado nos Estados Unidos, Edward Said. A presença deste último no projeto também é uma surpresa: Said é um crítico contundente da política de Israel. Mas é um homem que não se recusa a conversar com adversários. E, detalhe curioso, é também um bom pianista, o que deve ter funcionado como motivação. No momento, Said vive um transe doloroso: doente, com leucemia, trabalhar pela orquestra é para ele um grande esforço. Que não recusa: trata-se, diz, de "um paradigma coerente, e inteligente, para uma vida em comum". Fundações europeias ajudaram com 600 mil euros e a orquestra começou recentemente a ensaiar em conjunto num seminário católico perto de Sevilha.

Alguém poderia perguntar: será a música um antídoto para o ódio que reina no Oriente Médio? Provavelmente não: as armas falam mais forte. Mas é uma tentativa, que se reunirá a muitas outras tentativas, até que se tenha uma suficiente massa crítica de boa vontade. Orquestra é um modelo particularmente adequado. Em muitos campos de concentração nazistas os prisioneiros judeus formaram orquestras, que eram seu único e precário elo com a vida e com a esperança, um estímulo para a sobrevivência. No conflito israelense-palestino a música pode funcionar da mesma maneira. Afinal, estamos falando de harmonia, estamos falando de trabalho conjunto, estamos falando de arte. E se estamos falando dessas coisas, não estamos falando de bombardeios nem de atentados. O que já é alentador.

Holocausto e literatura

[provavelmente 11/2002]

A morte de milhões de pessoas foi uma enorme e avassaladora lição. Uma lição que justifica todos os livros, todas as formas de testemunho para evitar novos erros.

Entrem na internet, esta descomunal, e não raro confusa, fonte de informação de nosso tempo, e digitem a expressão "literatura do Holocausto". Vocês obterão nada menos do que 224 mil páginas, que remeterão a outras numerosas fontes: há uma Enciclopédia da Literatura do Holocausto, com 240 páginas; há um Instituto para Estudo da Literatura do Holocausto; e simpósios, e cursos, e seminários, sem falar nos livros propriamente ditos, cujo número é incontável.

Por que se escreve tanto sobre o Holocausto? Em primeiro lugar, pela magnitude dessa hecatombe. Na Europa, comunidades inteiras simplesmente sumiram da face da terra, transformadas naquelas montanhas de cadáveres que os documentários da época mostram de maneira tão sombria. Os sobreviventes, não muitos, estão velhos e querem, antes de morrer, deixar registrado seu testemunho. Finalmente, há uma outra e importante razão para que esses livros sejam publicados. Quando falamos de Holocausto, falamos de judaísmo. E quando falamos de judaísmo, falamos de livro. Poucos grupos humanos são tão ligados à palavra escrita. Civilizações antigas, como os egípcios, deixaram templos, monumentos, obras de arte colossais. Os antigos judeus legaram à humanidade um livro. Que, no entanto, foi decisivo em nosso mundo.

Retratar o Holocausto remete, portanto, ao livro. Remete ao filme, também, ao documentário, à TV; mas isso em menor escala e de uma maneira que, como já veremos, tem sido muito contestada. E, em matéria de livros, não são poucos os autores que fizeram do Holocausto um grande tema: Paul Celan, Primo Levi, Elie Wiesel. Nos últimos quarenta anos, vários vencedores do Nobel de literatura saíram do judaísmo europeu; foram marcados, portanto, pela experiência do genocídio, ainda que indiretamente. É o caso de Nelly Sachs, de S. Y. Agnon, de Isaac B. Singer, de Elias Canetti, de Joseph Brodsky. E é o caso, agora, de Imre Kertész, que é também o primeiro húngaro a ganhar o Nobel.

Como aconteceu com muitos ganhadores do Nobel, a premiação de Kertész provocou surpresa: trata-se de um autor pouco conhecido do grande público. Explicável: a Hungria é um país de esplêndida literatura (basta ler os contistas húngaros lançados no Brasil por Paulo Rónai e Nelson Ascher), mas, em matéria de difusão literária, o húngaro é ainda mais limitado que o português: só é falado naquele pequeno país.

No Brasil, Kertész teve apenas um livro traduzido, *Kadish: Por uma criança não nascida* (Imago, 1990). O título do romance já mostra que Kertész, nascido em 1929 e deportado para Auschwitz em 1944, não está atrás do mercado. Quantas pessoas sabem que Kadish é a oração judaica para os mortos? Provavelmente não muitas, mas Kertész — que durante muito tempo não viveu de seus textos, mas sim de traduções e do teatro — não faz concessões para atrair leitores. A narrativa assume a forma, pouco habitual, de um monólogo sobre o Holocausto. Mais: sua visão da tragédia é completamente diferente. Ele não está fazendo um comício, ele não está clamando aos céus; a narrativa tem um tom curiosamente neutro, como se o campo de concentração fosse um elemento do cotidiano. Mas então trata-se de algo como *A vida é bela*, o filme de Roberto Benigni que ganhou o Oscar? Não. Não é *A vida é bela*, e também não é *A lista de Schindler*, de Steven Spielberg, filme que Kertész detestou. Aliás, não foi o único. O cineasta francês Claude Lanzmann, autor do documentário *Shoah* (O Holocausto), também fez duras críticas à obra de Spielberg. O Holocausto, disse, não pode ser ficcionalizado, o cineasta deve se ater aos fatos, que se impõem por sua simples brutalidade. No documentário de Lanzmann há um momento em que um dos entrevistados quer falar sobre o massacre, mas não consegue. Durante vários minutos tenta, inutilmente, articular palavras, enquanto a câmera o foca impecavelmente. Fica bem claro que só o silêncio como impossibilidade da fala pode dar uma real medida do que foi o genocídio.

Estamos, pois, diante de uma controvérsia. Que começa, aliás, com o próprio termo "Holocausto", introduzido por Elie Wiesel. Holocausto significa um sacrifício com caráter de sacralidade, exatamente o contrário do que ocorreu nos campos de concentração. Essa é, contudo, uma controvérsia semântica. Muito diferente e ultrajante é a negação do Holocausto. O argumento é conhecido: a mortandade não existiu, ou, se existiu, não chegou aos 6 milhões de vítimas que constituem a cifra clássica. Os que negam o Holocausto caem em três grupos: historiadores que querem, pretensamente, restabelecer a verdade; neonazistas que usam a negação como pretexto para atos de vandalismo e até de terror; e, por fim, os incrédulos ressentidos, pessoas que comparam o passado da Alemanha — uma terra de intelectuais, de escritores, de artistas — com os relatos do morticínio e concluem: não, isso não pode ser verdade, deve ser mentira. O raciocínio prossegue: se não é verdade, quem inventou essa mentira? Os judeus, obviamente. E por que inventaram essa mentira? Porque são cínicos, são pérfidos, são a encarnação do Mal; até mereceriam o extermínio. Ao Holocausto real, negado por essas pessoas, corresponde um Holocausto potencial — o potencial de ódio do qual brotou, nos anos 1940, o Holocausto real.

Há uma outra visão do Holocausto, sintetizada na expressão "banalidade do mal", cunhada por Hannah Arendt em seu livro sobre o julgamento do carrasco nazista Adolf Eichmann. Arendt ficou impressionada com a mediocridade de Eichmann, que aparentemente cumpria sua obrigação como um frio burocrata. Uma visão basicamente intelectual, que foi mal recebida — aparentemente, banalizava o próprio Holocausto. Um outro, e muito virulento, tipo de crítica, aparece no livro de Norman Finkelstein *A indústria do Holocausto* (no Brasil, lançado pela Record). Finkelstein não nega a matança (da qual seus pais foram sobreviventes) mas diz que muitas pessoas, judeus inclusive, usaram o Holocausto para benefício pessoal.

A posição de Kertész está completamente fora dessa polêmica toda. Sua experiência do Holocausto foi diferente. Como Primo Levi, enquadra-se naquilo que o historiador Isaac Deutscher denominou de "o judeu não judeu": pessoas que não negam sua ascendência judaica, mas não são religiosas, não seguem a tradição, não participam de uma vida comunitária. Essa situação, como sabemos, não livrou ninguém do campo de concentração; antepassados judeus eram o suficiente para caracterizar alguém como membro da "raça judaica". De repente Kertész se descobriu judeu. Mas, tendo passado pelo sofrimento, ele não se tornou um apóstolo do judaísmo. Não gosta, por exemplo, de colóquios sobre o Holocausto, ainda que participe neles. Revoltam-no o terrorismo anti-Israel, o ressurgimento do antissemitismo e declarações como a de Saramago, que, numa tirada infeliz, para dizer o mínimo, comparou o governo de Israel aos nazistas; mas sua reação é, sobretudo, de perplexidade: "Confesso que não compreendo nada", diz, num artigo escrito em Jerusalém em abril deste ano. Como muitos intelectuais israelenses, ele manifesta-se a favor de um Estado palestino e contra o "gueto moral" (a expressão é do também escritor Aharon Appelfeld) em que Israel corre o risco de se encerrar. Mas isso não impede que ele se sinta, em Israel, apenas um visitante, ainda que solidário. E dá-se conta, por outro lado, de que, para os israelenses, questões como a que ele se coloca são perturbadoras e capazes de induzir ao desespero. Desespero que pode antecipar a catástrofe. Conclui que sua situação é peculiar: sua experiência do judaísmo foi uma experiência radical, paradoxalmente originária de um regime que queria negar o judaísmo. E é uma experiência que ele, graças à literatura, amplia até os seus mais tensos limites: "Tudo que eu sofri por causa de minha origem judaica foi um aprendizado, uma iniciação ao conhecimento profundo da condição humana".

O Holocausto foi isto: uma enorme, uma avassaladora lição para a humanidade. Uma lição que justifica todos os livros, todas as formas de testemunho. Se não aprendermos com os erros, e os crimes, do passado, estaremos condenados a repeti-los.

Mensagem de esperança

[11/03/2003]

Numa crítica ao filme *A lista de Schindler,* de Steven Spielberg, o cineasta e escritor francês Claude Lanzmann escreveu que fazer um filme sobre o Holocausto — em estúdio, com atores e atrizes — é um erro, porque dá tratamento ficcional a uma tragédia que deve ser retratada da forma mais realista possível. Mas acho que mesmo Lanzmann daria um crédito de confiança a Roman Polanski por seu *O pianista.* Para começar, a história de Wladyslaw Szpilman (e este é um nome que condiciona destino, como observa um personagem do próprio filme: Szpilman quer dizer homem que toca) é tão estranha que parece ficção. Aqui temos um jovem pianista cuja carreira é bruscamente interrompida pela invasão de Varsóvia pelas tropas nazistas e que é várias vezes salvo da morte em circunstâncias absolutamente inesperadas. Quando o gueto, onde estavam confinados os judeus, foi destruído após o levante (cujo sexagésimo aniversário será lembrado no dia 19 de abril próximo), Szpilman ali sobreviveu sozinho, o que lhe valeu o apelido de "Robinson do Gueto". Mas sua história, escrita sob forma autobiográfica e publicada em

1946 (há edição brasileira, da Record), não mereceu muita atenção das autoridades comunistas que então controlavam a cultura na Polônia. Foi preciso que Roman Polanski, ele próprio voltando do limbo após muitos anos, transformasse a narrativa em filme para que ela ganhasse o destaque que vem recebendo.

E que merece. O filme é realmente avassalador. De início, parece-se com outros filmes sobre o Holocausto: a vida miserável no gueto, brutalidade nazista, o assassinato a sangue-frio, os trens levando os prisioneiros para o campo de concentração. Aos poucos, porém, o drama pessoal de Szpilman vai crescendo e chega ao clímax na cena em que ele, refugiado no sótão de uma casa, é descoberto por um oficial nazista a quem se identifica como pianista. O homem leva-o até um piano e ordena-lhe que toque algo. Momento decisivo. Como diz Szpilman no livro: "Desta vez tratava-se de, tocando, resgatar minha vida". Com os dedos há muito sem prática e cobertos por uma crosta de sujeira, ele executa um Noturno de Chopin. E salva sua vida: o oficial traz-lhe comida e protege-o — até que os russos libertam a cidade.

Há uma mensagem aí. No meio da barbárie generalizada, dois homens conseguem se entender e estabelecer um laço afetivo através da música. O que, neste mundo de violência e ameaçado pela guerra, representa uma esperança. A esperança que prevaleça, afinal, aquilo que nós, humanos, temos de melhor.

O aprendizado de Lenny Kravitz

[15/03/2005]

O primeiro Kravitz de quem ouvi falar nada tinha a ver com o famoso cantor que, depois de ansiosa espera, hoje se apresenta em Porto Alegre. Na verdade, era um personagem de ficção, o protagonista de um famoso livro, depois transformado em filme (dirigido por Ted Kotcheff e estrelado por Richard Dreyfuss [no Brasil ganhou o título de O grande vigarista]), O aprendizado de Duddy Kravitz. O autor é o escritor canadense de origem judaica Mordecai Richler.

A história que Richler nos conta não é nada edificante. Descendente de imigrantes vivendo numa sociedade competitiva, o audaz e ambicioso Duddy Kravitz está em busca de seu lugar ao sol, e fará qualquer coisa para consegui-lo. Ao longo de muitas páginas vamos acompanhando-o nas encrencas em que se mete e que envolvem vários negócios complicados.

A história de Lenny Kravitz é diferente, mas não menos interessante, a começar por sua origem. Ele é filho de um judeu americano, o produtor de Hollywood Sy Kravitz e da caribenha negra Roxie Roker (este sobrenome dela, lembrando rock, condicionaria o destino do filho). Kravitz não é um caso único; entre outros, as atrizes Amy Lumet (neta de Lena Horne) e Anais Granofsky têm origem semelhante. Mas é uma combinação peculiar, para dizer o mínimo, no sentido de que representa a confluência de dois grupos cujas histórias foram marcadas pela perseguição, pelo sofrimento e pelo desenvolvimento de uma cultura original. É verdade que, nos Estados Unidos, os judeus, primeiro, e mais recentemente os negros (vide Oscar) estão chegando lá, adquirindo posições de destaque na sociedade americana. Isso é uma das coisas que os americanos têm de bom, o melting pot, a mistura de etnias e de culturas. Não foi fácil para Lenny Kravitz; como ele disse em depoimento, desde criança tinha consciência de que era diferente, mas soube transformar essa diferença em criação artística. Foi, como no caso do fictício Duddy, um aprendizado que lhe trouxe merecido reconhecimento. Bem-vindo, pois, Lenny Kravitz. Você é um excelente cantor — e um símbolo vivo.

O mercador de Veneza

[01/12/2005]

A versão cinematográfica de O mercador de Veneza, dirigida com mão segura por Michael Radford e em cartaz nos cinemas, traz de volta antiga questão: é a peça de Shakespeare antissemita? Para responder, vamos primeiro resumir o enredo. O jovem Bassanio (Joseph Fiennes) diz ao amigo Antonio (Jeremy Irons) — este é o mercador, não Shylock — que precisa de dinheiro para a corte à rica herdeira Portia (Lynn Collins). Com o capital empatado em mercadorias transportadas por navios, Antonio aceita ser fiador de empréstimo que Shylock (Al Pacino) faz a Bassanio.

Shylock, que várias vezes foi ofendido e agredido por Antonio, pede como garantia uma libra da própria carne deste. O mercador concorda. Bassanio casa com Portia, mas aí ocorre o inesperado: navios de Antonio naufragam, ele não tem como pagar a dívida. O caso vai a juízo e Antonio é salvo por Portia, que, disfarçada de advogado, apresenta um argumento decisivo: Shylock poderá cortar uma libra da carne do mercador, mas sem derramar o sangue do cristão, proibido aos judeus. O usurário é assim derrotado.

Shakespeare baseou-se em fatos reais. Na Idade Média, muitos judeus eram usurários. Não por escolha própria. O empréstimo de dinheiro a juros era proibido pela religião cristã; mas, ao mesmo tempo, os senhores feudais necessitavam de dinheiro para expedições guerreiras, para bens de luxo. O jeito foi empurrar a usura a um grupo humano marginalizado e perseguido. O que tinha uma vantagem em caso de inadimplência: promovia-se um massacre de judeus, extinguindo a dívida. Com o fim da Idade Média e o advento do mercantilismo, o Ocidente já não rejeita o dinheiro; ao contrário, vai em busca. Shylock dará lugar aos banqueiros. E banco é outro assunto; é o templo do dinheiro. Daí a arquitetura imponente, as altas colunas, a luxuosa decoração. Nada de usurários de nariz adunco e olhar furtivo extraindo o dinheiro de suas vestes.

Shylock é um personagem em vias de extinção. Mas não é essa a causa, ou a única causa, de sua amargura, a qual explica o estranho penhor exigido. De que lhe serve a carne de Antonio? Por que não pede garantia em dinheiro, em bens?

Nesse momento, Shylock está funcionando como um anticapitalista. E o faz movido por um arcaico ressentimento. Ele quer a carne de Antonio por vingança, porque não pode obter do mercador o respeito e o afeto que deseja. São admiráveis as palavras que Shakespeare coloca na boca de Shylock, num discurso em que o extraordinário Al Pacino se supera e que se constitui no auge do filme: "Sou judeu e sou humano". E pergunta: não têm os judeus afetos, paixões, não são vulneráveis aos mesmos agravos que os cristãos, não sentem frio ou calor? "Se vocês nos espetam, nós não sangramos?"

Sangrar é importante. Ele quer que, sangrando, Antonio lembre que os judeus também têm sangue. É claro que mais adiante Shakespeare castigará o usurário, dando à peça o "final feliz" que sua audiência provavelmente esperava e que, este sim, tem uma conotação antissemita.

O mercador de Veneza pode, portanto, ser dividido em duas partes, aquela em que Shylock aparece como um atormentado ser humano, e que é essencialmente shakespeariana, e o final, uma concessão ao aristocrático público que então frequentava o teatro, e de quem o dramaturgo dependia para viver: dinheiro é importante. Mas há coisas mais importantes, e é isso que Shylock nos diz, enquanto pode falar. Enquanto não é para sempre derrotado.

Controvérsia viva

[04/02/2006]

Munique, a superprodução de Steven Spielberg que acaba de ser indicada ao Oscar, inclusive nas categorias de melhor filme, melhor diretor e melhor roteiro adaptado, estreia com polêmica e questionamentos. O próprio realizador, festejado por títulos como *E.T.* e *Caçadores da arca perdida*, confirma que, dessa vez, quis rodar um filme que oferecesse mais dúvidas do que respostas. Aí há um consenso: ninguém duvida de que ele conseguiu.

O Oriente Médio sempre dá manchetes, mas nas últimas semanas elas surgiram com frequência e com impacto maiores que os habituais. Em primeiro lugar, tivemos as absurdas declarações do presidente do Irã, negando o Holocausto e dizendo que Israel deveria ser "varrido do mapa". Depois, foram as eleições palestinas, que proporcionaram inesperada vitória ao Hamas, mistura de partido político e movimento terrorista. Não por coincidência, o conflito do Oriente Médio é o tema de três filmes que estão estreando no Brasil e provocando, como em outros países, uma acesa e importante polêmica.

O primeiro deles é, naturalmente, *Munique*, de Steven Spielberg, o campeão da controvérsia. Para dar um exemplo: no fim de semana passado, dois grandes jornais publicaram resenhas sobre a obra. A *Folha de S.Paulo* rotulou-a como medíocre e até cansativa; já em *O Estado de S. Paulo*, Luiz Carlos Merten fala de um "filme espetacularmente dirigido", "emocionante e doloroso", um trabalho cinematográfico raro pela complexidade. Essa diversidade de opiniões remete a uma ampla discussão sobre valores políticos e morais.

Estamos falando de um sombrio e bem conhecido episódio. Nas Olimpíadas de 1972, em Munique, terroristas ligados ao grupo Setembro Negro invadiram o alojamento dos atletas e sequestraram vários deles, levando-os para o aeroporto. Lá houve um combate com as forças de segurança alemãs, durante o qual alguns sequestradores foram mortos e outros mataram os reféns. Numa reunião do gabinete israelense, então liderado por Golda Meir, é decidida uma ação retaliatória, que ficará a cargo de um grupo liderado pelo ex-guarda-costas de Golda Avner Kaufman (Eric Bana). Acompanharemos, por mais de duas horas (o filme é de longa-metragem) a caçada que se desdobrará por várias cidades e vários países, durante a qual vários terroristas serão liquidados.

Assim resumindo, parece que estamos falando de um filme de ação, dos muitos produzidos pelo cinema americano de acordo com a clássica fórmula de mocinhos contra bandidos. Mas não é o que o Spielberg faz. Tendo como roteirista um dramaturgo famoso, Tony Kushner (autor de *Angels in America*, peça teatral sobre a aids, de enorme sucesso na Broadway), ele optou por fugir da simplificação maniqueísta, expondo os conflitos pelos quais passam os personagens, incluindo os palestinos. Avner, que é um homem jovem e que durante os acontecimentos se torna pai, é particularmente torturado pela dúvida, chegando ao nível da paranoia.

Spielberg é judeu e dirige uma ONG destinada a preservar a memória do Holocausto. Ironicamente, contudo, ele foi duramente criticado pelos dois filmes que fez sobre temas judaicos. A *lista de Schindler*, para alguns, banaliza o Holocausto. *Munique* seria baseado em um livro (A *hora da vingança*, de George Jonas) não muito fiel à realidade. Esta última acusação é liderada pelo jornalista Aaron Klein, que trabalhou na inteligência militar de Israel e que recentemente publicou — sobre o mesmo assunto — *Contra-ataque*. Klein diz que a caçada aos terroristas não foi só motivada pelo desejo de vingança como também pelo objetivo de impedir novos ataques terroristas. Garante ainda que não houve remorsos entre os agentes israelenses engajados na operação.

Não há dúvida de que o filme adapta livremente os acontecimentos; afinal, é uma obra de ficção, não um documentário. O que importa é a mensagem que transmite, reconhecida como positiva por, entre outros, os familiares dos atletas assassinados. Isso não livra *Munique* de uma segunda acusação, sintetizada na expressão "equivalência moral": os terroristas teriam seus motivos (ou seus pretextos) para agirem como o fizeram. O que fica muito evidente num diálogo entre Avner e um dos terroristas. Ignorando a identidade de seu interlocutor, este último apresenta as razões pelas quais os palestinos lutam e pelas quais recorrem ao terror. Essa busca de um equilíbrio não foi muito bem recebida. Respondendo a seus críticos, disse Spielberg: "As pessoas que atacam o filme baseadas em 'equivalência moral' são as mesmas que acreditam na guerra como única solução. Creio que cada ato de terrorismo deve ter uma resposta forte, mas precisamos também prestar atenção às causas do terror". Acrescenta Kushner: "No filme, o conflito entre palestinos e israelenses não é apresentado como questão religiosa, de sanidade versus insanidade, de bem contra o mal, de civilização versus barbárie, de cultura judaico-cristã versus cultura muçulmana, mas sim como uma luta por território, por lar". Nessa luta, prossegue, "pessoas fazem coisas terríveis em nome de uma causa que acreditam ser justa ou de uma causa que é de fato justa".

O segundo filme é *Free Zone*, de Amos Gitai, um israelense que serviu como soldado (e quase morreu) na Guerra do Yom Kippur, em 1973. Desde então, tornou-se cineasta, procurando entender a realidade israelense através da câmera. Em *Kadosh*, por exemplo, ele examina o fanatismo religioso. *Free Zone* reúne três mulheres, uma americana, uma israelense e uma palestina que se encontram na "zona livre" do título, um lugar da Jordânia onde são comercializados carros usados. O motivo da viagem é negócios, mas os diálogos entre as três são profundamente reveladores do clima emocional no Oriente Médio. De novo, trata-se aqui de entender o "outro", de ver, como diz Gitai, o oceano na gota d'água.

O terceiro filme é *Paradise Now*, de Hany Abu-Assad, que acompanha os dois últimos dias de dois palestinos recrutados na Cisjordânia para se tornarem homens-bomba em Tel Aviv. O principal objetivo do diretor é esclarecer os motivos que levam jovens a se transformar em instrumentos do terror. No clima de pobreza e desesperança, o fanatismo encontra terreno fértil, mas o diretor deixa bem claro que isso não é uma unanimidade: a geração mais velha sabe muito bem que a violência só serve para perpetuar o ciclo de retaliações, levando à questão: até quando, até onde?

Conclusão: ao menos no cinema, as perguntas estão substituindo as proclamações e as ameaças. O que não deixa de ser um bom sinal. Resta saber como isso se traduzirá na prática, e nesse sentido o Hamas está com a palavra. O que escolherão seus líderes, a negociação ou a violência? Quem governa não pode só fazer discursos belicosos ou, pior, recorrer ao terror. Quem governa tem de prover à população saúde, segurança, emprego, educação. E mudar não é impossível, como mostrou a trajetória de Sharon. Em suma, dá para aprender muita coisa. No cinema e na vida real.

Em busca da tolerância

[15/04/2006]

Ao mostrar a saga de um menino africano adotado por uma família de israelenses, *Um herói do nosso tempo* faz um apelo à coexistência.

O rei bíblico Salomão ficou conhecido pelo poder, pela sabedoria e também pelo tamanho de seu harém, que abrigava setecentas esposas e trezentas concubinas. Apesar disso, o rei ainda encontrava tempo e oportunidade para casos extraconjugais. Um desses romances aconteceu com a deslumbrante rainha de Sabá, que veio da Etiópia especialmente para conhecê-lo. E de fato conheceu-o, inclusive carnalmente. Voltou para a África grávida, e de seu filho, Menelik, surgiu uma estirpe de judeus negros conhecidos como falashas. Isso é o que diz a lenda. Mais possivelmente os falashas converteram-se ao judaísmo (e ao cristianismo) nos primeiros séculos da era cristã e, como judeus, permaneceram como uma comunidade isolada, com seus próprios costumes, em geral diferentes daqueles do judaísmo tradicional. Não conheciam obras religiosas importantes, como o

Talmude, e também não falavam hebraico. Mas celebravam o sábado e mantinham as prescrições dietéticas da Bíblia.

Por motivos religiosos ou por outros motivos, os falashas foram oprimidos e perseguidos. Além disso, viviam nas condições de fome e miserabilidade que são comuns na África, o que ameaçava inclusive a sua sobrevivência. Três operações foram então desencadeadas para trazê-los para Israel, a primeira em 1984, a segunda (apropriadamente conhecida como "Operação Salomão") em 1991 e a terceira em 1992. Milhares de falashas foram transportados de avião diretamente da África para território israelense.

Como se pode imaginar, a adaptação dessas pessoas não foi fácil; não raro resultou em um verdadeiro choque cultural. Mas é uma história que ensina muitas lições, sobretudo pela emoção que desperta. Vários livros e artigos foram escritos sobre o tema. Agora, um belo filme ajuda a recordar a epopeia dos falashas: trata-se do multipremiado *Um herói do nosso tempo* (*Vas, vis et deviens*) do romeno Radu Mihaileanu, em cartaz em Porto Alegre.

A história começa em 1984, quando a fome grassava na África, e os primeiros falashas começavam a ser trazidos para Israel. Num acampamento de refugiados, no Sudão, uma mãe, cristã, decide salvar seu filho de nove anos da morte certa declarando-o judeu e dando-lhe o nome de Schlomo (Salomão, em hebraico). Supostamente órfão, o menino é adotado por uma família de Tel Aviv. O filme acompanha a trajetória do garoto ao longo de vários anos da história de Israel, incluindo a primeira guerra contra o Iraque e os levantes nos territórios palestinos. Amparado por uma família afetiva e esclarecida (o pai se declara um homem de esquerda), o inteligente e vivo Schlomo consegue estudar e formar-se em medicina. Mas ao mesmo tempo ele descobre a intolerância política e religiosa na própria sociedade israelense, e até mesmo certo racismo, que o leva a ser chamado de *"kushi"* (negro, em hebraico) por algumas pessoas. E tem de conviver com sua secreta identidade e com a lembrança da mãe que ficou na Etiópia. Uma situação que Mihaileanu, judeu de origem romena, conhece bem (seu pai teve de mudar de nome durante a ocupação nazista) e que usou no filme *Trem da vida*, no qual judeus, para sobreviver, disfarçam-se de oficiais alemães durante a Segunda Guerra Mundial. Schlomo vive um conflito particularmente doloroso quando se apaixona pela filha de um dogmático rabino. Quando o casamento se consuma, o homem declara a filha "morta".

Na França, *Um herói do nosso tempo* recebeu impressionante apoio não só de instituições judaicas, como também de sindicatos de professores, de associações de pais e mestres, de várias ONGs e dos Médicos sem Fronteiras (que Schlomo, no filme, integra). É difícil encontrar um filme com apelo tão grande à coexistência e à tolerância. O roteiro é um tanto esquemático, e a gente pode até imaginar Mihaileanu dizendo para os colaboradores: "Agora temos de incluir os palestinos... Agora temos de falar dos fanáticos religiosos...".

Mas isso é detalhe. A simples alusão à insólita existência dos falashas já justifica a obra. Salomão saltaria da cama para aplaudir de pé. E a rainha de Sabá, então, nem se fala.

Uma reabilitação histórica

[01/07/2006]

Entenda por que, cem anos depois, o caso Dreyfus — em que um homem inocente foi condenado ao degredo — ainda reverbera na consciência da Europa e do mundo.

O próximo dia 12 de julho será importante na França, mas, esperamos, nada terá a ver com a Copa. A data marca o centenário da absolvição de Alfred Dreyfus, evento que encerrou assim a parte judicial de um dos mais rumorosos casos da história moderna. Relembrando: em 1894, Alfred Dreyfus, capitão de artilharia do Exército francês, foi acusado de passar segredos dos militares à embaixada alemã em Paris. O incidente logo teve grande repercussão, por causa de um detalhe: Alfred Dreyfus era judeu, o que de imediato desencadeou um movimento antissemita de grandes proporções.

Intimidado, o alto-comando francês de imediato submeteu o oficial a julgamento. As evidências eram controversas, para dizer o mínimo, e os erros judiciais numerosos, mas mesmo assim Dreyfus foi condenado a cinco anos de prisão na ilha do Diabo, na Guiana Francesa, um lugar que, pelas terríveis condições, justificava a denominação. Dois anos depois, assumiu a contraespionagem francesa o coronel Georges Picquart, que, sem demora, conseguiu achar o verdadeiro espião, um oficial chamado Ferdinand Esterhazy. Informou a seus superiores, que, no entanto, decidiram não macular a honra das Forças Armadas com um novo julgamento, "por causa de um judeu". Picquart protestou e foi, por sua vez, preso. Mas as evidências em favor da inocência de Dreyfus cresciam, divulgadas pelos *dreyfusards*. Em 1898, o escritor Émile Zola publicou, no jornal *L'Aurore*, uma carta aberta dirigida à presidência da França e que ficou conhecida pelo título que lhe deu o jornalista e político Georges Clemenceau: "J'accuse". No ano seguinte, Dreyfus foi de novo julgado — e de novo condenado a dez anos de prisão. Em 1906, veio a absolvição e junto com ela a indenização moral, sob a forma da Legião de Honra.

O caso Dreyfus teve grandes repercussões. Em primeiro lugar, mostrou a força e a virulência da direita antissemita na França, direita essa que mais tarde viria a colaborar com os nazistas, ajudando na deportação para os campos de extermínio de milhares de judeus. Esse fato impressionou profundamente um jornalista austríaco que, em Paris, cobria o processo. Theodor Herzl era um judeu assimilado, mas, diante daquela maré de intolerância, concluiu que para os judeus só havia uma solução possível, a criação de um Estado nacional, objetivo ao qual dedicou sua vida e que viria a se transformar em realidade com a criação do Estado de Israel, em 1948.

De outro lado, o debate todo mostrou que homens de pensamento, artistas, escritores podem e devem se posicionar diante das grandes questões políticas e sociais. Surgiu assim o termo "intelectual", cuja criação é atribuída ora a Georges Clemenceau, ora aos ativistas de direita. Referia-se a um grupo nunca muito bem caracterizado e que logo mostrou uma tendência para cisões; assim, a Primeira Guerra opôs nacionalistas e pacifistas, a Revolução Russa criou uma rivalidade mortal entre trotskistas e stalinistas.

O prestígio dos intelectuais chegou a seu auge nos anos após a Segunda Guerra, com Jean-Paul Sartre e o existencialismo. No entanto, o próprio Sartre foi criticado por suas posturas políticas, que incluíram uma militante adesão ao maoismo.

Cem anos depois do caso Dreyfus, vemos que os dilemas daquela época permanecem atuais. O antissemitismo e outras formas de intolerância continuam existindo, como se comprova pelas declarações do presidente do Irã ao negar o Holocausto. As reviravoltas da História (a queda do comunismo, por exemplo) resultaram, para os intelectuais, em perplexidade, e não é de admirar que um seminário recentemente levado a cabo em nosso país tenha tido como mote *O silêncio dos intelectuais*. Mas perplexidade não é derrota, pelo contrário. Só os fanáticos são imutáveis em sua posição. Precisamos da lucidez dos homens e das mulheres que associam inteligência, cultura, bom senso e equilíbrio emocional na análise dos grandes dilemas de nosso tempo. Precisamos dos intelectuais.

A nossa frágil condição humana

[03/04/2007]

O ano era 1975, época da ditadura militar. Como muitas vezes acontecia então, um jornalista foi detido: era Vladimir Herzog, diretor da TV Cultura de São Paulo. Levado para a carceragem, no dia seguinte estava morto. Versão oficial: suicídio por enforcamento.

Herzog era judeu. Na religião judaica, os suicidas não podem ser sepultados junto com outras pessoas, e sim em lugar à parte no cemitério, ao pé do muro. A decisão de onde seria enterrado era aguardada, por isso, com expectativa: ela endossaria ou não a ideia de suicídio.

Herzog não foi enterrado ao pé do muro. E quem tomou a decisão foi um jovem rabino recém-chegado ao Brasil, Henry Sobel. Sua corajosa posição repercutiu intensamente e deu início a uma carreira surpreendente. Sobel logo se caracterizou como um homem do diálogo e de ideias avançadas: ideias que não deixavam de provocar controvérsia na comunidade judaica, mas que o transformaram numa figura de vanguarda em nosso país. E aí acontece algo surrealista: esse homem é preso, nos Estados Unidos, roubando gravatas. Gravatas que certamente Sobel poderia comprar. Sua perturbadora conduta mostra como são complicados e imprevistos os labirintos da mente humana. Homem inteligente, sensato, Sobel não faria o absurdo que fez se estivesse naquilo que chamamos de "o seu normal". Mas ele não estava em "seu normal". Só com a prisão deu-se conta do que tinha feito.

Um incidente grotesco, mas também uma tragédia, atingindo uma figura importante no debate brasileiro. Com o quê, descobrimos, penosamente, que mesmo líderes expressivos são seres humanos, sujeitos às vaidades, às fraquezas e às doenças que acometem os seres humanos.

Agora vejam a ironia: quando os imigrantes judeus chegaram ao Brasil, e particularmente a São Paulo, muitos deles tornaram-se vendedores ambulantes de gravatas. Naquela época, ninguém podia entrar num banco (sobretudo para pedir um empréstimo) sem gravata. Era um comércio modesto, mas com público certo, e foi até celebrado por Adoniran Barbosa num samba famoso: "Jacó, o senhor me prometeu uma gravata...".

A gravata era, para os vendedores, um meio de sobrevivência. Mas era também, e continua sendo, um símbolo de status. Um símbolo que, para Henry Sobel, custou caro, absurdamente caro — mais caro que o obsceno preço em dólares. Esse absurdo nos remete, ainda que metaforicamente, às contradições inerentes à condição humana e contra as quais nem a cultura, nem a sabedoria servem como antídotos. Dessas contradições deram-se conta os ouvintes do *Polêmica* de ontem: no seu "veredicto" (é crime, é doença) eles se dividiram num 52% x 48%, que representa um empate técnico. Empate esse que é o símbolo de nossa humanidade, e que nos lembra a frase do escritor latino Públio Terêncio, que viveu por volta do século II a.C.: "Sou humano, e nada do que é humano me é estranho".

E se Israel tivesse perdido a guerra?

[05/06/2007]

Pouco depois da Guerra dos Seis Dias, em 1967, apareceu nos Estados Unidos um romance intitulado *If Israel Lost the War* (Se Israel perdesse a guerra). Os autores, Richard Z. Chesnoff, Edward Klein e Robert Littell, eram jornalistas da *Newsweek*, encarregados da cobertura do conflito. Usaram como mote uma frase da então ministra do Exterior de Israel, Golda Meir: "Imaginem se Nasser tivesse atingido nossas pistas de decolagem primeiro". Gamal Abdel Nasser era o presidente do Egito, um líder nacionalista de grande prestígio no mundo árabe, que havia decretado um bloqueio no estreito de Tiran, passagem vital para os navios que chegavam a Israel trazendo petróleo. Ou seja, uma situação extremamente perigosa, que Israel ameaçava retaliar. Jordânia, Síria, Iraque, Líbano, Sudão, Arábia Saudita, Kuwait e Argélia uniram-se ao Egito. No final de maio e nos primeiros dias de junho sucederam-se as declarações belicosas. "Será uma guerra total", declarou Nasser. Completou o presidente do Iraque, Abd al-Rahman Arif, com palavras semelhantes às do atual presidente do Irã: "Nosso objetivo é varrer

Israel do mapa". O que aconteceria depois? Disse Ahmed Shuqayri, líder da Organização de Libertação da Palestina (OLP) em 28 de maio de 1967: "Os israelenses que aqui nasceram poderão permanecer na Palestina". E acrescentou: "Mas acho que nenhum deles sobreviverá".

Retórica para fins externos, para intimidar o inimigo? Talvez. Mas Israel era, e é, um pequeno país, com uma população ínfima comparada à de seus poderosos vizinhos. Um erro de cálculo, nessas circunstâncias, poderia ser fatal, e assim, a 5 de junho foram desencadeados ataques-relâmpago, devastadores. A força aérea egípcia foi praticamente aniquilada no solo, e era a única que tinha importância. A superioridade nos céus deu a Israel uma vitória esmagadora.

O final poderia ter sido diferente, e o foi, na narrativa de Chesnoff, Klein e Littell: os exércitos árabes ocupam Israel, os refugiados são os israelenses, não os palestinos; começa a resistência, na Europa e na América grupos protestam contra a ocupação, o Conselho de Segurança da ONU condena "os excessos racistas e desumanos contra a população civil de Israel"... Ou seja, tudo igual, em sentido contrário.

O desfecho da guerra causou euforia em Israel. O governo ficou à espera de que os derrotados fizessem uma proposta de paz. Mas, humilhados, os líderes árabes não queriam paz, queriam vingança, e essa atitude tornou-se a tônica nos quarenta anos seguintes. O nacionalismo deu lugar ao fundamentalismo, e este ao terrorismo. Para a linha dura israelense, a ocupação era questão de segurança; para o outro lado era uma forma de opressão, que ajudou a fortalecer a identidade palestina. A necessidade de um Estado palestino, previsto na resolução da ONU da qual resultou o Estado de Israel, hoje é consenso.

Conta a Bíblia que os hebreus vagaram quarenta anos no deserto até entrar na Terra Prometida. Esse tempo era necessário para que a velha geração dos escravos do Egito desaparecesse e que uma nova mentalidade surgisse. Quarenta anos depois da Guerra dos Seis Dias, uma nova mentalidade no Oriente Médio é mais que necessária.

Uma lição de vida

[20/04/2008]

Em Amsterdam um dos lugares de visita obrigatórios é a Casa de Anne Frank. Fui lá algumas vezes. De início, o que havia para ver era o anexo em que Anne viveu; depois, o lugar foi se transformando num museu, com uma completa exposição. E, ao mesmo tempo, atraía cada vez mais gente. Na última visita era até difícil caminhar por ali.

O que é uma boa coisa. Evocar a figura de Anne Frank é essencial, não só por causa das tentativas de negação do Holocausto, a mais recente das quais foi empreendida por ninguém menos que o presidente do Irã (imaginem o que esse homem faria se dispusesse de uma bomba atômica). E agora há uma boa oportunidade para isso, com a excelente exposição que está sendo mostrada na Usina do Gasômetro, bem mais próxima do que Amsterdam. É uma impressionante incursão no passado nazista através de fotos, de cartas, de documentos e de uma reconstituição do anexo.

Quando Hitler ascendeu ao poder, Otto Frank e a mulher fugiram da Alemanha com as filhas e foram para Amsterdam. Não adiantou: a Holanda foi ocupada pelos nazistas e, em 1942, começaram as deportações dos judeus para campos de concentração. Com outras quatro pessoas, a família Frank escondeu-se no anexo que ficava atrás do prédio em que Otto Frank tinha escritório e ali viveu confinada por dois anos. Durante o dia, eles não podiam sequer falar, para não serem descobertos. Era pior que uma prisão, e não os salvou: denunciados, foram encontrados pelos nazistas e levados para os campos de extermínio, onde Anne, a mãe e a irmã Margot morreram.

Durante o tempo em que viveu no anexo, Anne escreveu um diário, que depois da guerra foi publicado. É uma leitura tão reveladora quanto comovente. Anne fala, claro, da perseguição aos judeus, mas mostra que, mesmo naquelas duras circunstâncias, as pessoas continuam tendo emoções, continuam amando e odiando. Há uma passagem particularmente pungente. Ela conta que, aos sábados, a secretária de Otto Frank, Miep Gies, trazia-lhes livros, que eram ansiosamente aguardados por Anne: "As pessoas que levam uma vida normal não sabem o que os livros podem significar". Miep Gies, aliás, foi um anjo da guarda para a família Frank, providenciando alimento e ajudando no que podia. Depois da guerra, declarou: "Não sou uma heroína, sou apenas uma pessoa comum. Simplesmente me dispus a fazer o que me foi pedido". Uma frase que é um verdadeiro preceito ético. Temos de nos dispor a fazer aquilo que a vida nos pede; aí estaremos cumprindo nossa missão como seres humanos. A vida pedia a Anne que, naquela dura situação, lesse livros e escrevesse o diário. E ela o fez. Deixou-nos um documento dilacerante. O líder sul-africano Nelson Mandela, que leu o diário de Anne Frank enquanto estava na prisão, disse que o texto o estimulou a lutar contra o apartheid. Regimes totalitários, afirmou, não são tão fortes quanto parecem; mesmo pessoas frágeis como Anne Frank podem desafiá-los. Esse desafio, resumido na frase famosa de Anne Frank: "A despeito de tudo, ainda acredito que no fundo as pessoas são boas", fica para nós como uma inolvidável lição de vida.

Israel, sessenta anos

[13/05/2008]

Anos atrás, num encontro de escritores realizado em Israel, Judith e eu tomamos o café da manhã com Shimon Peres. Hoje presidente de Israel, naquela ocasião Peres estava no limbo político, não ocupava cargo algum. Perguntei a que atribuía a recente derrota do Partido Trabalhista, do qual era líder, nas eleições que resultariam na indicação do primeiro-ministro. Peres pousou a xícara de café, pensou um momento e disse: "Perdemos porque nos acomodamos, porque paramos de lutar por nossas ideias".

Que ideias eram essas, e que importância tinham, no momento não interessa. O que me impressionou, e continua me impressionando, foi a notável franqueza daquele homem. Afinal, eu não passava de um desconhecido, e ele podia ter me respondido com uma frase qualquer, tipo "política tem dessas coisas". Mas não, Peres disse o que julgava ser a verdade, e isso revelava uma dimensão moral, a mesma dimensão moral que agora aparece na sua mensagem presidencial sobre o Dia da Independência de Israel (amanhã, 14 de maio) e que está circulando na internet.

Diz Peres:

Praticamente surgindo das cinzas dos horrores inenarráveis do Holocausto, Israel vem lutando pela sua sobrevivência. Mas conseguimos transformar o sonho de um lar para o povo judeu em realidade: criamos uma democracia-modelo, um sistema judiciário independente e nos colocamos na vanguarda de áreas como ciência e tecnologia, medicina e agricultura. Alcançamos a paz com o Egito e a Jordânia e esperamos que as negociações de paz com os palestinos tragam frutos. Devemos nos ater aos valores legítimos ditados pelos nossos profetas, um legado que uniu o povo judeu através dos tempos.

É muito interessante que Peres tenha mencionado os profetas bíblicos. Porque essas singulares figuras faziam exatamente o que ele fez naquele café da manhã: diziam a verdade, por dolorosa que fosse. E a verdade, ao fim e ao cabo, é a grande defesa de seres humanos, de povos e de países. Israel é um triunfo, como diz Peres? Sem dúvida. É impressionante o que aquele povo conseguiu num país minúsculo, carente de recursos naturais — nem água tem — rodeado de inimigos que a todo instante prometem "varrê-lo do mapa". Se Israel sobreviveu foi exatamente porque corresponde aos valores mais profundos e mais autênticos não só do judaísmo, mas da humanidade.

Cometeram erros, os sucessivos governos de Israel? Cometeram erros, sim. Tardaram a reconhecer a identidade palestina e as legítimas aspirações de um grupo humano que tem muito em comum com os israelenses, além do parentesco étnico. Por outro lado, criaram colônias entregues a fanáticos religiosos que são uma constante dor de cabeça. Isso resultou de previsões equivocadas. Nem todos são profetas.

Queixas e acusações à parte, Israel tem muito a celebrar no

seu sexagésimo aniversário. E o presidente Peres, herdeiro de grandes tradições do judaísmo, soube dizê-lo melhor do que ninguém.

Muitos setores do movimento negro não dão importância à Lei Áurea, promulgada há exatos 120 anos. Mas se outra utilidade não tiver serve para lembrar que o Brasil foi o último país a abolir a escravatura. Uma dívida que ainda não foi totalmente paga.

A voz do profeta, as vozes da paz

[09/01/2009]

Amós é o nome de um profeta bíblico. Profeta irado. Inconformado com a má distribuição de renda, que à época já era problema, disse, referindo-se aos ricos: "Ai dos que dormem em cama de marfim". Cama de marfim não parece ser exatamente o lugar mais cômodo para descansar (a menos que guarnecida de um bom colchão), mas pelo jeito era então símbolo de status, daí a revolta do profeta.

Amós também é o nome do grande escritor israelense Amós Oz, a quem não conheço pessoalmente, mas com quem, a pedido do pessoal aqui de *Zero Hora*, que queria uma entrevista, certa vez conversei longamente pelo telefone, impressionado com seu conhecimento, sua serenidade, sua lucidez. Recentemente o nome Amós revelou-se condicionador de destino. Dias antes do conflito de Gaza, Oz (este sobrenome quer dizer "força", no caso força moral) escreveu um artigo acerca dos foguetes disparados pelo Hamas. Amós Oz previa que alguma coisa teria de ser feita, porque "o Estado de Israel deve defender seus cidadãos". E aí vem a previsão:

O Hamas deseja que Israel inicie uma operação militar. Se dúzias ou mesmo centenas de civis, mulheres e crianças palestinos forem mortos em ações israelenses, os radicais ganharão força em Gaza. O governo de Abu Mazen na Cisjordânia sofreria um colapso, e os extremistas do Hamas poderiam substituí-lo.

Seguir-se-ia uma pressão maciça para que Israel se retratasse, mas "nenhuma pressão cairia sob o Hamas", mesmo porque "Israel é um país, o Hamas é uma facção". E conclui: "O raciocínio do Hamas é simples: se inocentes israelenses morrem, é bom; se inocentes palestinos morrem, é melhor ainda". No final, uma advertência: "Israel tem que agir de forma prudente, e não impulsivamente".

Dito e feito. Morreram muito mais inocentes palestinos do que israelenses, graças, sobretudo, à incapacidade do Hamas em fabricar e disparar foguetes; se tivessem o poderio israelense, alguém duvida de que as vítimas chegariam a milhares, a milhões? Alguém duvida de que o Hamas usaria um artefato nuclear, se pudesse?

Resta saber o que deve ser feito para chegar a paz. Amós Oz não tem líricas ilusões a respeito; sabe que esse processo levará gerações. No momento, diz ele, não se pode conseguir um casamento, mas sim um divórcio amistoso, o que, como muitos casais sabem, pode ser uma solução. E quais os passos para isso? Eles foram sintetizados por Celso Lafer, ex-ministro do Exterior, conhecido intelectual, e são: a renúncia ao terrorismo, o fim da ocupação israelense e das colônias, a volta às fronteiras de 1967 e, coisa decisiva, a criação imediata do Estado palestino. Chega do estrondo das explosões. Vamos ouvir as vozes da moderação.

Valsa triste

[14/04/2009]

Por uma dessas sombrias coincidências, foi na Sexta-Feira da Paixão que vi, no Rio de Janeiro, o filme israelense *Valsa com Bashir*, do cineasta Ari Folman, recentemente premiado num festival de São Paulo. É uma obra impactante, para dizer o mínimo. E diferente. Para começar, trata-se (com exceção dos minutos finais) de um filme de animação, aliás de excelente nível artístico. Mas não pensem que vocês vão ver um divertido desenho animado, ao contrário. Trata-se, rigorosamente, de um impressionante documentário, com vozes de pessoas reais, que nos dão seu depoimento sobre um dos episódios mais controversos da recente e conturbada história do Oriente Médio. A isso alude o título: o Bashir ali mencionado é Bashir Gemayel, líder político do Líbano, cujo assassinato por terroristas desencadeou uma tremenda convulsão política, culminando com o massacre nos campos de refugiados palestinos de Sabra e Chatila por partidários de Gemayel, os falangistas. Isso ocorreu à época da primeira invasão do Líbano por tropas israelenses (1982), ponto de partida para a história.

O protagonista do filme é atormentado pela lembrança — melhor dizendo, por aquilo que inexplicavelmente esqueceu — desses acontecimentos. Vai então em busca de pessoas que possam recordar com ele o passado. E seus depoimentos compõem um triste e pungente quadro do que é o conflito do Oriente Médio.

Os israelenses não executaram o massacre. Mas fica claro que muitos dos comandantes (incluindo Ariel Sharon, depois julgado em Israel e condenado por causa disso) optaram por olhar para o lado, com uma atitude do tipo "eles que se entendam". Ora, e isso também fica claro, uma atitude mais enérgica do Exército de Israel daria à situação outro rumo. O massacre cessa quando um oficial israelense — sozinho — chega ao campo e ordena que os milicianos da falange libanesa se retirem. A atitude dos israelenses, aliás, não é homogênea: muitos dos soldados e dos oficiais mostram-se inquietos e até revoltados com o que está acontecendo (aliás, notem a ironia do nome de um dos acampamentos: "sabra" é a denominação hebraica para os nascidos em Israel).

O filme é israelense. O diretor é israelense, os personagens são israelenses, o financiamento é em grande parte israelense. Isso é muito importante. A Al-Qaeda nunca faria um filme sobre seus crimes ou erros. O Hamas nunca faria um filme sobre seus crimes ou erros. São movimentos que, por autodefinição, não erram, não cometem crimes. A operação israelense em Gaza matou muitos civis, Israel foi acusado por isso, e um enorme debate surgiu no país — recentemente, em Londres, ouvi o escritor Amós Oz discordar da maneira como foi feita a invasão. Mas a Al-Qaeda e o Hamas não se penitenciarão pela morte de civis, porque seu objetivo é exatamente este, matar os infiéis, civis ou não, homens, mulheres, crianças. Os foguetes do Hamas só não cumprem esse desígnio porque são precários demais para tanto. Mas o objetivo é matar milhares, se possível.

O próximo dia 19 de abril assinala o aniversário do levante do gueto de Varsóvia, em que milhares de judeus foram mortos pelos nazistas. O Holocausto foi uma das bases sobre as quais nasceu o Estado de Israel. Uma base ética, portanto, que inspira filmes como *Valsa com Bashir*, e que contém, apesar da lição amarga (ou justamente por causa da lição amarga), uma esperança para os próprios israelenses: seu país sobreviverá porque é uma democracia que permite o debate sobre erros e crimes do passado e a indispensável correção de rumo.

Quem pensa nos artistas como pessoas temperamentais, imprevisíveis, deveria ter conhecido Xico Stockinger. Calmo, reservado, deixava, no entanto, seu talento transbordar nas extraordinárias obras que deixou, e que projetaram o Rio Grande no cenário artístico nacional e internacional. Grande Xico. Guerreiro, sim, mas guerreiro amável.

Este 14 de abril assinala o centenário de um dos eventos mais importantes da história da saúde pública mundial. Há cem anos, Carlos Chagas publicava um trabalho sobre a enfermidade que leva seu nome. Descreveu a doença, descobriu o agente causador e a maneira de transmissão: uma verdadeira façanha e uma glória para o Brasil.

Crimes e erros

[08/06/2010]

No começo do século XIX, durante o governo de Napoleão, Louis-Antoine de Bourbon, duque de Enghien e membro da casa real francesa, foi preso, acusado de conspiração. De imediato, ficaram evidentes erros grosseiros da investigação: o duque simplesmente tinha sido confundido com outra pessoa. O que fizeram as autoridades? Anularam o processo? Não. Mudaram a acusação: agora o nobre era considerado culpado de contrabando de armas e colaboração com países inimigos, com o que foi rapidamente, e escandalosamente, executado. Na ocasião, Joseph Fouché, ministro da Polícia, político tão astuto quanto cínico, disse uma frase (às vezes atribuída ao também político, e também astuto e cínico, Charles-Maurice de Talleyrand) que ficou famosa: *"C'est pire qu'un crime, c'est une faute"*, "É pior que um crime, é um erro".

A afirmação vem à mente diante do recente episódio em que forças israelenses mataram ativistas que tentavam chegar a Gaza numa flotilha de navios. O governo de Israel tinha avisado que impediria a expedição de chegar a seu destino; uma decisão que pode ser controversa, mas que certamente não antecipava o surrealista acontecimento que viria a seguir. A operação militar incluía a descida de soldados de helicópteros. Uma cena que, em filmes, costuma ser espetacular, e que lembra anjos vingadores descendo do céu. Na televisão, isso apareceria de forma impressionante e certamente se constituiria em uma mensagem de simbólico impacto. Mas, como sabemos, o resultado foi outro, e desastroso. Os ativistas (que não eram militantes armados, como os quatro mortos desta segunda) resistiram com os meios que estavam a seu alcance. Resultado: nove mortos e uma repercussão catastrófica na mídia. Isso lembra um outro episódio que, nesta época de Copa, vale a pena evocar, porque, segundo se conta, aconteceu justamente na Copa do Mundo em 1958, na Suécia. O Brasil iria enfrentar a União Soviética e o técnico Vicente Feola explicou a Garrincha como chegar à área do adversário e nela entrar sem dificuldade. Garrincha fez uma pergunta que ficou histórica: "Mas, seu Feola, avisaram os russos?".

Não, ninguém tinha avisado os soviéticos para darem passagem a Garrincha, assim como ninguém tinha avisado os ativistas da possibilidade de um desfecho tão sangrento. O que aconteceu, portanto, certamente não estava nos planos. Não foi um ato terrorista. Neste, o objetivo é matar gente e, quanto mais vítimas (civis ou militares, não importa), melhor, porque a eficácia do terrorismo baseia-se no número de mortos que um atentado pode provocar. Não foi o caso, mas isso, para quem morreu, para os amigos, para os familiares, para os conterrâneos, para o público em geral, não faz a menor diferença: óbito é óbito, independentemente das intenções de quem o causa. E Israel, por sua vez, está numa posição tão difícil que a simples possibilidade de um erro desses acontecer deveria ser suficiente para motivar uma mudança de planos.

De qualquer modo, fica clara essa comédia de erros, para

usar a expressão shakespeariana, em que se constitui o Oriente Médio. Está na hora de parar com operações midiáticas e partir para a racionalidade pura e simples, e a primeira medida prática para isso é a criação de um Estado palestino capaz de conviver com Israel e de respeitar sua segurança. O resto é erro. E erros, como disse Fouché, podem ser piores que crimes.

ESTA OBRA FOI COMPOSTA EM ELECTRA PELO ESTÚDIO O.L.M./ FLAVIO PERALTA
E IMPRESSA EM OFSETE PELA RR DONNELLEY SOBRE PAPEL PÓLEN SOFT
DA SUZANO PAPEL E CELULOSE PARA A EDITORA SCHWARCZ EM MARÇO DE 2017

A marca FSC® é a garantia de que a madeira utilizada na fabricação do papel deste livro provém de florestas que foram gerenciadas de maneira ambientalmente correta, socialmente justa e economicamente viável, além de outras fontes de origem controlada.